아침달 시집

재재소소

김동균

시인의 말

좋은 아침이라고 인사하는 사람.

이제부터 그가
이곳저곳을 활보한다.

베란다에도 가끔 사람이 보인다.

2024년 9월
김동균

차례

1부
오보에 다모레

2부
금붕어는 케이크 전문점

3부
푸성귀가 없는 쪽

4부

세검정으로 간다

해설

1부
오보에 다모레

좋은 아침

아침이 필요하면 구두를 신는다. 구두를 신으면 아침이 온다. 구두를 벗고 나면 일과가 끝날 줄 알았는데. 딱히 그렇지는 않군요. 아침은 식상해. 이 구두를 너무 많이 신은 거야. 구두를 바꾸자. 새 구두를 신고 건물에 들어서면 "좋은 아침입니다." 누가 인사를 한다. 이 구두가 가볍다는 말이 정말인가 봐. 가방을 내려놓고 옆자리에 앉는다. 의자를 바투 당기고 다들 즐거운 일에 몰두하고 있군요. 구름이 걷히고 구두는 의자와 책상 형광등 그리고 천장 일부를 비춘다. 비로소 구두가 사라지나 봐. 그들처럼 나도 몰두하게 되나 봐. 나직하게 말한 것 같은데 모조리 나를 쳐다보는 아침. 이런 게 아침이라면 저는 웃으면서 말할 수 있습니다. "맞아요. 좋은 아침입니다."

티셔츠

밤에 티셔츠를 주문한다. 밤에 도착한다. 밤에는 밤이 아주 많이 묻어 있는 티셔츠. 일 층 베란다로 나가 새로 산 티셔츠를 턴다. 석유 냄새가 나는 티셔츠. 단지가 어두워진다. 언덕을 달려오는 바이크가 라이트를 켠다. 티셔츠를 털 때마다 점점 더 가까워지는 바이크. 티셔츠 안으로 들어가버리는 바이크. 바이크가 들어간 티셔츠. 이런 티셔츠를 주문한 적 없는데…… 밖으로 나가 티셔츠를 턴다. 바이크들이 쏟아진다. 바이크가 망가진다. 무릎이 깨지고 손목을 접질린 바이커들. 경비원이 나와 바이커를 일으켜 세운다. 바이크를 세운다. 너무 많은 바이커. 한밤에 혼자서 바이크를 정리할 엄두가 나지 않는다. 경비원은 그냥 집으로 들어가라고 손짓한다. 경비원은 경비실로 들어간다. 집에 들어와 베란다 창을 닫고 커튼을 친다. 밤에는 티셔츠를 사지 않기로 한다. 그런데도 티셔츠는 목이 늘어나고 늘어나는 티셔츠 때문에 어쩔 수 없이 티셔츠를 주문하게 된다. 내가 고른 티셔츠가 밤에 도착한다는 문자를 받는다. 그런 날에는 늘어난 티셔츠를 입고 집으로 들어가지 않기로 한다.

검은 얼음

하룻밤 사이에 검은 얼음이 생겼다. 검은 얼음은 높은 데서 떨어져 내린 게 분명하다. 흙 마당에 깊숙이 박혀 있다. 검은 얼음을 수경이는 좋아하고 나는 좋아하지 않는다. 수경이는 검은 얼음을 깎아서 토끼를 만든다. 수경이가 매일매일 만져서 녹지도 않고 사라지지도 않는다. 검은 토끼는 다른 모든 검은 것처럼 빛을 빨아들인다. 그래서 수경이는 검은 토끼를 빛의 토끼라 부른다. 나는 빛의 토끼를 좋아하지 않는다. 네 발을 다 갖춘 빛의 토끼는 어젯밤에 마당을 뛰쳐나갔다. 잠에서 깬 아이들이 뭉툭한 꽁무니를 쫓아다녔다. 수경이는 그런 아이들을 좋아하지 않는다. 빛의 토끼도 아이들을 좋아하지 않는다. 그래서 달아난 것 같다. 멀리 더 멀리 사라져서 이제는 아주 돌아오질 않는다. 수경이는 빛의 토끼가 사라져버린 직후부터 시름에 잠겨 있다. 깊게 파인 흙 마당에 웅크리고 앉아 꼼짝도 하지 않는다. 아직까지 식어 있는 수경이가 있고 수경이는 나를 좋아하지 않는다.

우유를 따르는 사람

창가에 앉아 우유를 따르고 있었다. 당신은 조용히 그것을 따르고 부드러운 빛이 쏟아졌다. 둘러맨 앞치마가 하얗고 당신의 얼굴이 희고 빛이 나는 곳은 밝고 빛이 없는 곳에서도 우유를 따르고

우연한 기회에 인사를 건네고 거기에서 우유를 따르고 다음 날에도 성실하게 우유를 따르는 그런 사람에게 매일 우유를 따르는 게 지겹진 않나요, 그곳은 고요하고 그곳에서 당신을 계속 지켜보기로 하고

어떤 날엔 TV를 켰는데 우유를 따르는 당신이 출연한다. 책에서도 우유를 따르는 당신이 등장한다. 당신이 앉아 있는 지면에 부드러운 빛이 쏟아지고 서가가 빛나고 읽던 것을 덮어도 빛나는 창가에서 우유를 따르던 당신이

우유를 따르고 있었다. 여기서 우유를 마시는 사람도 없잖아요, 그런데도 차분하게 우유를 따르고 열 번을 쳐다보면 열 잔이 되는 우유가 있다. 실내는 눈부시고 새하얗게 차

오르는 잔이 가득해지고

　그런데 누가 우유를 옮겨요, 지켜봐도 우유를 옮기는 사람이 없는데 우유를 가져다준 적이 없는데, 당신도 환하고 실내도 환하고 당신이 우유를 계속 따라서 그런 거잖아요. 문밖에서 발목이 젖고 우유가 넘치고

　우유가 흐르는 골목이 차갑고 당신은 계속 따를 수 있겠어요, 당신의 손이 새것처럼 빛나고 있었다.

이조악기

오보에 다모레는 오보에와 잉글리쉬 호른 사이에 있는 악기다. 모양은 잉글리쉬 호른에 가깝다. 마리는 오보에 다모레를 불고 나는 잼을 바른다. 마리에겐 여러 개의 오보에족 악기가 있고 내게는 식빵이 많다. 상하기 전에 잼을 발라서 마리도 주고 마리가 먹을 때 같이 먹을 생각이다. 마리는 오보에 다모레를 토요일마다 꾸준히 분다. 오보에 다모레는 이탈리아 말로 '사랑의 오보에'라는 뜻이다. 악보에 적힌 것보다 낮은 소리를 내는 이조악기다. 백과사전에서 찾은 사실이다. 뚜껑을 열어 놓으면 천천히 위에서부터 굳어 버리는 잼처럼 오보에 다모레도 불지 않으면 실력이 준다. 실제로 그런 일이 몇 번 있었다. 오랜만에 마리가 오보에 다모레를 부는 날이면, 높은 '솔'에서 소리가 샜다. 그럴 때마다 마리는 한쪽 구석에 악기를 내려놓고 한숨을 쉬었다. 그다음 내 얼굴을 꼭 한 번씩 올려다보았다. 몹시 기분이 상한 마리 특유의 표정은 마음에 오래 남는다. 잼을 발라 건네도 먹지 않는다. 마리는 오보에 다모레 연주를 계속하고 있다. 마리의 입술 아래서 오보에 다모레는 반짝거린다. 식빵 위에 올라간 잼도 반짝거린다. 이것 말고는 오보에 다모레 연주와 잼 바르기가 가진 공통점을 더 찾을 수가 없다. 그런데 따지고 보면, 아무도 오보에 다모레 연주와 잼 바르기의 공통점을 찾아달라고 부탁한 적이 없다. 나는 그 사실을 알고 있다. 잼을 누가 가지고 왔는지는 모르겠다. 잼을 바른다. 다 쓸 때쯤이면 투명하고 둥근 바닥이 드러난다.

꽃집에 대해서

거리에 아주 많은 게 피었고
그중에 한 가지를 골라 얘기하자 말한다.

변하지 않는 얘기를 하고 싶었는데
아주 많은 것들 틈에서
한 가지 변하지 않는 사실을 말하는
여기가 꽃집이었다.

꽃집에는 여전히 아주 많은 것들이
피어 있고
그중에 한 가지를 골라서
너에게 건네주는 순간에도 우리가
꽃집에 머물렀으며

꽃집에서 우리는 이제
변하지 않는 걸 골라서
시들지 않는 꽃이라면서
신기하게 서로를 쳐다보았다.

행인들은 이제 시들지 않는 꽃에

관심이 없고

시들지 않는 꽃을 들고 거리로 나왔는데

오래 걸어 도착한 골목에 이르러서

아주 많은 것들 가운데 피어 있다고 말하는

여기서부터 꽃집이었다.

스완지 스티커

우리가 수확한 열매가 부둣가에 도착하고 빼곡히 쌓인 상자를 우리는 스완지라고 불러. 화물차에 실은 다음 팔기도 한다. 우리가 멀리까지 나가서 재배한 품종을 가져가세요. 여태 공들여 가꾼 빛깔에 이끌린다면 이쪽으로 건너오세요.

이제 우리는 상자와 열매까지 합해서 스완지라고 부른다.
스완지를 깎아보세요. 둘러앉은 머릿수를 세고 접시에 담아보세요. 이쑤시개를 쿡쿡 찔러두세요.

우리가 나르는 상자와
우리가 쏟아낸 열매를
스완지라 부른다는 걸 기억합시다.

스완지를 먹어본 여러분은
차를 타고 교외로 빠져나가다가 문득 떠올릴지도 모릅니다. 지겨워서 입이 벌어지기라도 한다면,
탐스럽고 실한 걸 봉투에서 꺼내주는

옆 사람을 발견할 수도 있습니다.

그럴 땐 텀을 두고
이렇게 따라 하면 됩니다.

우리가 방지턱을 쿵, 하고 다시 쿵 넘어갈 때 우리가 짧게
내뱉는 환성을 스완지라고 불러. 스완지가 한번 시작된 노
선에는 스완지와 스완지가 몇 번 더 이어진다. 우리는 대강
짐작할 수 있습니다. 스완지가 부푸는 이른 아침,

깊은 골짜기로 향하는 오르막도 이렇게 꾸불꾸불했어요.

케이지

처음에 그것은 낙타였다. 벽에 던지니까 납작한 덩어리가 되었다. 말랑말랑한 가슴을 빚고 눈알을 붙여주었다. 그것 은 여전히 낙타에 가까운 모양이었지만

혹 대신 날개를 붙여주자 완전한 새가 되었다. 나의 완전 한 새는 며칠 뒤엔 돌멩이처럼 딱딱해졌다. 쩍쩍 갈라진 표 면은 호두알 같기도 하고 늙은 사람의 손잔등 같기도 했다.

다시 부드러운 살을 빚어 틈을 메우고 물을 뿌렸다. 창가 에 올려둔 그것은 언뜻 쇠 방울처럼 보이기도 했다. 그러나 바람에 흔들려도 소리가 나지 않고 낙타는 돌아오지 않고

힘껏 던지자

벽에 부딪혀
완전히 부서져버렸다.

나는 몇 개의 조각을 가방에 집어넣고 학교로 간다. 친구

들은 그게 아주 작은 새라는 걸 모르고 손등 위로 띄운다. 날
개 같은 것을 손에 쥐고 한꺼번에 나이를 먹는다.

이유가 있었다

어떤 이유가 생겨서 도서관에 갔다. 또 다른 어떤 이유도 함께 갔다. 아무것도 가진 게 없는 이유도 따라나섰고 셋은, 열람실에서 만났다. 어떤 이유가 또 다른 이유에게 무언가 물었다. 또 다른 이유가 대체 그걸 묻는 진짜 의도가 뭐냐고 따져 물었다. 두 이유가 실랑이하는 동안 아무것도 가진 게 없는 이유만 아무 말도 못 했다. 셋은, 주의를 받았다. 아무것도 가진 게 없는 이유는 억울했다. 정숙한 열람실에서 셋 다, 아무 말도 못 했다. 아무것도 가진 게 없는 이유는 열람실을 빠져나왔다. 도서관을 나오는 내리막길에선 저 멀리 아웃렛이 보였다. 시립미술관 앞까지 오면 더 웅장해 보였다. 아무것도 가진 게 없는 이유는 아웃렛에서 불쑥 나와 거리로 나서는 한 사람을 보고 있었다. 책을 쥐고 있었다. 파란색 표지 귀퉁이가 심하게 까진 두꺼운 책이었다. 도서관으로 향할 것 같은 그 사람에게는 어떤 남다른 이유가 숨어 있을 거야. 아무것도 없는 이유는 생각했다. 그러나 도무지 확신이 들지 않는다는 결론에 이르러 책 든 사람을 무작정 따라나섰고 예상했던 것처럼 그는 도서관을 향했다. 아무것도 가진 게 없는 이유는 가슴이 두근거렸고, 아무것도 가진 게 없는 이유의 티셔츠는 흠뻑 젖고 말았다. 하루에 두 번이나 도서관 언덕을 오르는 건 몹시 힘든 일이기 때문이다. 잠시 후······ 셋은, 열람실에서 만났다. 창밖에는 아직까지 비탈진 도서관을 오르는 이유가 있었다.

우리가 함께 썼던 작은 개

 "풀장에 빠진 작은 개를 구하려고 스쿠프를 가져왔다" 첫 문장을 고민하던 우리는 마침내 그렇게 썼다. 스쿠프가 뭐야? 처음 읽어본 사람이 물었다. 우리는 "풀장에 빠진 작은 개를 구하려고 스쿠프를 가져왔다"의 스쿠프 단어 옆에 위첨자로 스펠링을 기재했고 말 그대로 스쿠프는 작은 숟가락이라고 대답했다. 그는 다음 문장으로 눈길을 옮기다가 첫 문장으로 돌아와서 스쿠프로 구할 수 있는 작은 개라니, 엉터리잖아! 그렇지만 풀장에 빠진 개는 정말로 작은 개. 작은 개를 구하는 게 우리가 생각했던 제일 급한 일. 나는 숟가락을 들고 작은 개를 퍼 올렸고 작은 숟가락에서 내려온 더 작은 개가 투투투 몸 털고 사라지는 걸 묘사했다. 그 아래 문단에는 "풀장에 빠진 작은 개는 안전하게 구조되었다"라고 썼다. 그다음 작고 작은 그 개, 어떻게 되었는지 읽던 사람 궁금해서 뒷장을 계속 넘겨보았지만…… 작은 개는 아주 사라졌고 다시는 작은 개 같은 건 등장하지 않을 거야. 조금만 쉬다가 다 같이 모여서 삽화를 그려 넣어야지. 어떤 그림이야? 읽던 사람도 사라지고 우리는 우리끼리 묻고 우리끼리 떠들었다. 배경은 풀장이고 풀장보다는 몸 털고 사라진 작은 개가 있던 자리, 커다랗게 칠할 거야. 작은 개가 잠시 머물러서 물에 젖은 자리를 새까맣게 칠했다. 명암을 채우면서 작은 개가 무사하길. 작은 개가 풀장보다 더 좋은 곳에서 행복하길 기도했다. 이후에 작은 개 같은 건 완전히 잊고 지냈는데, 어느 날 불쑥 그 무렵 우리끼리 그린 몹시 작았던 그 개. 궁금했다. 책장에서 우리끼리 쓴 책을 찾아봤는데 어디선가 젖어버리고 구겨진 책. 맨 아래 바짝 말라서 비틀어져 있었다. 펼쳐서 작은 개가 걸어가는 부분 찾으려고 해봐도…… 갈피끼리 딱딱하게 달라붙어서 잘 펼쳐지지 않았다.

새로운 날

빵을 사러 나갔지. 빵 사러 온 사람들 많았지. 온통 빵을 사랑하는 손님들뿐이었다. 종일 빵집에만 머물렀다. 각자의 빵을 각자의 분량대로 테이블로 가져와서 뜯어 먹었다. 거리에는 갓 구운 빵을 나눠주거나 서로 다른 집에서 구입한 빵을 소분한 다음 종이 가방을 흔들며 돌아가는 사람들이 있었다. 빵이랑 상관없는 사람은 도무지 찾을 수가 없고

빵집이 즐비한 새벽 거리는 한산했다. 빵 굽는 냄새가 가로수 길에 퍼지는 가운데 빵 나올 시간은 한참 남은 것 같은데, 별안간 빵과는 무관한 사람을 마주치고 말았다. 한눈에 보아도 빵류를 피하는 사람. 그 사람도 나를 그렇게 바라보는 것 같았다. 빵을 사러 나왔는데 아직 문을 연 데가 없네요. 그 역시 잠깐 머뭇거리다가, 저도 빵을 사러 나온 거예요. 우리는 적극적으로

열린 빵집을 찾아다닌다. 문을 걸어 잠그고 빵을 굽고 있는 환한 집들을 몇 개 지나친다. 빵을 고르게 될 것이다. 빵을 사서 각자의 집으로 돌아가게 될 것이다. 만일 그렇게 된다

면, 그것은 우리가 처음 하게 되는 경험. 그러나 소용없는 말
은 서로 안 했지. 그래서 우리는 말없이 골목으로 걸어갔다.
누구보다 더 빵을 사랑하는 연인들처럼.

또 푸른 불이 점화되고 있었다

푸드트럭이 지나갔는데 푸른 불이 아직 거기에 남아서 위태로웠다. 서둘러 집으로 가야 했다. 집에 도착해서 노브를 먼저 돌려야 했다. 도착해서 보니까 집이 물바다였다. 서둘러 물을 퍼내야 했다. 대야를 가져와야 했고 대야에 담가둔 양말을 다른 곳으로 치워야 했다. 그보다 먼저 푸른 불이 남아 있는 곳으로 가야 했다. 어느 것부터 하는 게 좋을까. 허둥대는 사이에 푸드트럭이 또 지나가고 있었다. 나는 한 손에 양말을 다른 한 손에 대야를 들고 뛰쳐나왔다. 푸드트럭이 달려가는 방향으로 곧장 따라가서 푸른 불을 꺼야 했다. 급하게 불을 끈 다음 잔불에 양말을 말려야지. 상황이 종료되면 따뜻한 양말을 신을 거야. 언제라도 트럭은 지나갈 거야. 거기서 또 푸른 불이 점화되고 있었다.

하와이

로컬 야키토리 전문식당에서 만난 오에상은 하와이에 거주하는 일본인이다. 오에상은 성실하고 일 년에 두 차례 본국에 들어온다. 오에상은 매일 다른 알로하 셔츠로 갈아입는데, 오에상의 말을 여기에 그대로 옮겨 보자면, 알로하 셔츠만 고집하는 바람에 하와이에선 '오에상'이라 불리기보단 '알로하'로 더 많이 불린다. 이런 까닭에 상대방이 '알로하' 하고 외치면 그게 가벼운 인사인지 나를 지칭한 건지 도무지 알 수가 없습니다. 오에상은 그렇게 말했다. 그래서 동료들에게 자기를 부를 땐 '알로하'라는 말보다는 '하우짓' 하고 말해달라 부탁했다고. 하우짓은 잘 지내니?라는 뜻을 가진 하와이 말이다. 하우짓? 하우짓. 실제로 하와이에서 그렇게 부르고 답하는 동료와 오에상을 보았고, 실제로 하와이는 로컬 야키토리 전문식당 이름이다. 하와이에 찾아가 보시길. 운이 닿는다면 '알로하' 하고 그를 부르는 소리와 특별할 것 없이 빠르게 지나쳐버리는, 알로하 셔츠를 볼 수 있을지도.

우리가 게임을

게임에 앞서 풀을 심는다.
풀은 게임에 쓰는 풀.
게임에 쓰는 풀 다 클 때까지
식탁에 앉아서 먹고 놀고

풀이 났는지 확인하려고 가끔 창밖을 내다보았다.
밖에는 너무 무성한 풀.
우거지는 여름 여름에는 여름 풀.
그러나 우리가 기다리는 건 게임에 쓰는 풀.

풀밭에는 너무 무성한 풀. 우거지는 여름에는 여름 바지
를 입은 사람들이 삼삼오오
앉아서 하는 게임.
그럴 때 쓰는 풀.

게임은,
식탁에 앉아서 먹고 또 먹고 기다리는 것.
그렇다면 우리는 이미

게임에 참여했다 말할 수도 있는데

마침내 게임에 쓰는 풀을 채집한 사람이 말한다.

진짜 재미는요,
풀이 자라서 게임에 쓸 때 시작됩니다.
풀을 가지고 할 수 있는 게임은 얼마든지 있습니다.

그는 앉아서 열심히 먹지도
치우지도 않았는데
이 게임에 참여했다고 할 수도 없는데.

사실 우리는

게임에 쓰는 풀,
아직 다 자라지 않았다는 사실
알게 된 다음부터
외출을 시작했습니다.

2부
금붕어는 케이크 전문점

세수

수도를 틀면 어김없이 금붕어가 쏟아진다. 금붕어는 너무 많아. 머릿속 금붕어를 개천으로 들고 나간다.

여기에 쏟으면 안 돼요. 개천이 어지러워지고 있어요. 머리를 꾹꾹 틀어막고 수도를 끝까지 잠가두고

오늘도 세수를 할 수가 없잖아. 세수가 하고 싶어서 가볍게 짐을 싼다. 공항으로 가는 사람이

너무 많아. 입국 수속을 밟기 전에 세수부터 하는 사람이 너무 많아.

종이 수건으로 얼굴을 닦고 나면 더욱 선명하게 다가오는 풍경이 있다.

라운지 앞에는 거대한 수조가 보인다. 유속이 없는 곳에서도 청결하게 관리되고 있다. 다가온다. 금붕어가 다가온다.

금붕어

나에게
금붕어가 있었다.
남산 아랫집에서
맥주 두 잔 마셨는데
나중에 나온 잔 속에
나의 금붕어가 있었다.
조금 뒤에는
이미 취한 다른 금붕어가 들어와선
제일 친한 금붕어 찾느라
두리번거렸다.
한 잔을 시키고 한 잔을 더 시키고
세 잔까지 마셨지만
거기에도 친한 금붕어
나오지 않았다.
제일 친한 금붕어가
분명 여기 있다고 그랬단 말이야.
고함을 지르고 울다가
남산 아래 맥줏집에서

쫓겨났다.
우리는 길모퉁이에
덩그러니 남겨졌다.
술 취한 금붕어가
내게 먼저 말했다.
나에게 금붕어가 있었다.
내게도 금붕어가 있었어.
남산 아래 지나갈 때마다
극장 앞까지 함께 내려온
볼 빨간 금붕어가 있었지.
이후에도 내게는
금붕어가 있었다.
금붕어가 있었다.
나랑은 무관하게
혼자서 말하는
금붕어가 있었다.

경주

나가는 이정표가 보인다. 지나치자. 네가 말한다. 사이드 미러로 트럭이 보인다. 우리를 추월한다. 추월을 허용하기로 한다. 그런데도 자꾸만 달려온다. 우리는 제일 마지막에 도착하기로 한다. 그런데 돼지는 어디 있어? 불시에 네가

돼지에 대해 묻는다. 돼지는 아까 전에 다 내렸잖아. 나는 말한다. 말을 계속하기로 한다. 돼지는 전부 내려버린 것으로 한다. 다 내리고 온 줄로만 알았던 돼지가, 엄청나게 빠른 걸음으로 달려오는 돼지가 점점 가까워진다.

마침내 우리를 추월한다. 우리는 쫓아가기로 한다. 제일 마지막에 도착하기로 했잖아. 네가 말한다. 계획은 수정하기로 한다. 우리가 알던 바로 그 돼지 다음에 도착하기로, 앞서간 트럭들을 다시 추월하기로 한다.

트럭을 지나치다 보면 돼지가 보일 거야. 말을 하면 이윽고 돼지가 보인다. 계획대로 돼지 다음으로 도착할 수 있을 것 같아. 돼지는 경주로 빠진다. 돼지를 따라서, 나들목에서

빠져나오기로 한다. 저 멀리 첨성대가 보인다. 돼지가

돼지들과 합류했나 봐. 달리는 걸 멈추고 첨성대를 돌기로 했나 봐. 네가 말한다. 우리는 차에서 내려 돼지들과 빙글빙글 사진을 찍는다. 그다음 돼지를 싣는다. 이번에는 절대 돼지를 내리지 않기로 한다. 잊지 말고 가장 늦게 도착하기로 한다.

금붕어

그라프 씨는 금붕어가 나오는 이야기를 하나 가지고 있다. 이야기 속으로 비가 내렸다. 그게 다 수첩에 적혀 있다. 그래서 수첩은 늘 젖어 있고 비가 올 때만 꺼내 쓰고. 그라프 씨는 그런 수첩을 아끼는 눈치다. 확실한 건 그라프 씨는 금붕어도 몹시 아낀다는 것. 이야기를 아끼고 금붕어가 나오는 이야기는 도무지 끝날 기미가 없다. 그래서 수첩을 마련한 모양이다. 진종일 비가 내려서 금붕어를 오래 살필 수 있었다. 이런 기회에 금붕어 생각도 알게 되고 금붕어가 싫어하는 것도 알게 되고 긴 이야기의 끝까지 금붕어와 함께 나아갈 수 있었다. 그런데도 그라프 씨에게는 더 아껴주고 싶은 마음이 남아 있나 보다. 문을 열고 밖으로 나간다. 금붕어를 더 오래 기르고 싶다고. 똑같은 수첩을 하나 더 사 올 거라고. 그라프 씨는 늘 이렇게 비를 맞고 창문으로도 비가 들이치고 비는 그치질 않는다. 벌써 수첩을 들고 있는 모양이다.

금붕어

구운 아몬드. 마카다미아. 호두. 말린 블루베리. 캐슈너트. 이것으로 케이크를 만들 수도 있지만 하루에 한 봉, 견과를 먹는다. 오독오독 깨물면서 지금부터 진짜 케이크를 만들 수도 있지만, 구운 아몬드. 마카다미아. 호두. 말린 블루베리. 캐슈너트. 이것 말고도 피스타치오. 약콩. 귀리. 브라질너트. 피칸. 코코넛칩. 구운 호박씨…… 가 들어 있는 다른 견과도 있다. 나는 하루에 한 봉, 견과를 산다. 너무 많은 지역. 지역마다 전혀 다른 걸 만드는 공장. 자꾸만 불어나는 봉지들. 그중에 하나를 집어서 커피랑 곁들인다. 커피는 훌륭하지. 커피는 케냐. 커피는 콜롬비아. 커피는 코스타리카. 그 가운데 하나를 고르라면, 아마도 에티오피아…… 이것 말고도 이것들을 적절하게 배합한 하우스 블렌드가 제일 흔하다. 산지는 너무 멀어서, 가보지 못했다. 너무 오래 모아서 서랍에도 다 안 들어가는 이 견과류 봉지들…… 하소연을 하는 바람에, 아무래도 케이크 만들기엔 시간이 모자랄 것 같다. 제일 맛있는 케이크를 사려면 아주 많은 집을 찾아가 하나하나 다 먹어봐야 하고 케이크 위에는 구운 아몬드. 마카다미아. 호두. 말린 블루베리. 캐슈너트…… 같은 것들이 있다. 밖으로 나가면 빵집과 빵집 또 빵집으로 이어지는 블록이 있고 건너편에서 발견한 네온사인에는 금붕어라고 쓰여 있다. 금붕어는 근방에서 제일 밝고 귀여운 빛을 낸다. 금붕어는 케이크 전문점이다.

물살

정신을 차렸다. 냉장고 앞이다. 묵은 사과는 버린다. 맨 아래 서랍에는 부추가 있다. 한 단 있다. 부추 말고도 있다. 서랍에는 뭐든지 있을 수 있다. '구리농협'이라고 흰 글씨가 인쇄되어 있다. 글씨는 차갑다. 굳은 몸을 풀기 위해 집 밖을 나선다. 글로리마트와 보성전자 지나서, 울퉁불퉁한 보도블록을 밟고 구리로 가자. 구리로 가는 이정표를 지나친다. 구리는 전부 흰색으로 쓰여 있다. 조금 더 가서 부추를 사 와야지. 새 부추를 들고 귀가한다. 냉장고 앞이다. 서랍 안쪽에 부추가 그대로 묶여 있다. 부추가 많으니까 새 부추는 나중에 써야지. 오래된 부추를 먼저 써야지. 싱크대에 물을 받는다. 부추를 담근다. 시간이 지나면 부추가 부풀어 오른다. 이것 말고도 부풀어 오르는 게 또 있었다. 구리에서 봤다. 강변 앞에서 보트가 부푸는 걸 봤다. 물에 뜬 채 조금씩 사라졌다. 멀리서 보았기 때문일까. 초록 물감 속으로 빨려 들어가는 것처럼 보였다. 싱크대에 담긴 물도 멀리서 보면 초록을 띤다. 조금 더 있으면 미지근해진다. 그럴 때 물을 갈아준다. 식사를 끝내고 냉장고 정리를 서둘러 마친다. 서랍에는 얼마든지 있다. 붉고 파란 글씨도 있다.

청사로 들어간 사람

청사는 처음이에요.

청사에는 겨울 해변이 액자로 걸려 있네요.
많은 풍경이 복도에 늘어서 있네요.

처음 방문하세요?
안내하는 사람 있었어요.

그것들 모두 액자에 걸려 있어요.

청사 안에는 나무가 없대요.
액자에는 비록 많은 것들이 있지만

창밖으로 앰뷸런스가 지나가는 게 보이네요.
방문객이 계속 들어오네요.

긴 복도를 지나면 저무네요.
공무를 마친 사람들이 계단을 내려갔어요.

붉은빛으로 울연하네요.

청사는 오늘
공개하자는 결정을 내렸어요.

실생활

비 내리는 창문이 있다. 잠시간 자고 일어난 뒤에도 비 내리는 창문은 비 내리는 창문. 창문은 이것 말고도 여러 개가 더 있다. 나는 여러 개의 방을 가지고 있구나.

이제 방으로 입장할래.

비가 그쳤으면 싶다. 문을 닫는다. 그러면 방에 난 창으로도 내리는 이 비. 이 비는 연거푸 내리는 건가 봐. 네가 소파에 기댄 채 말끔한 얼굴로 창밖을 보면서 말한다. 그러면 비가 내린다. 너는 여기에 어떻게 들어왔니. 모르겠지만 지금은 그냥

조용히 쉴 수 있는 방이 필요해. 비가 내리지 않는 방이 필요해. 방을 나와 다른 문을 열고
방은 여러 개니까
얼마든지 문고리를 돌릴 수 있다. 새 방에 들어선다.
TV가 켜져 있다.

철 지난 토크쇼다. 화면 속 배우가 웃고 있다. 조금 더 있다가 배우는 올 거야. 다음 영화는 체코에서 찍을 거고 영화를 찍고 다시 출연할 거야. 어떻게 여기까지 또 찾아오는지 모르겠지만 이 방에는 열쇠가 많구나.

여기가 호텔인가 봐.

호텔이 맞는지 확인하려고 수납장을 연다. 수납장에는 찻잔이 두 개 있다. 호텔들은 보통 그렇다. 어느 방에 가더라도 유약을 바른 찻잔 두 개가 비치돼 있다.

누가 문을 두드린다. 비가 많이 오네요. 이 방에는 열쇠가 많아서 하나 줄 수도 있구나. 손님이 복도 끝으로 걸어가면

이곳에서 나갈 거야. 여기서 하는 일은 그만둘 거야. TV를 끄고 창문을 열어두면 이 방으로도 비가 들이치고 비는 이것 말고도 여러 개가 더 있다.

경험

전선이 이렇게까지 복잡하게 이어진 거리는 처음이야.
다시 포카라에 도착했어. 사방이 확 트인, 그런 곳도 처음이
었어. 올라가는 길에 죽은 걸 봤어. 딱딱하게 얼어붙은 게 대
부분이었는데, 요즘에는 날이 따뜻해서 설산이 흉측하게 녹
고 그렇대. 그래서 다 드러난 거래. 일 년에 백 번 정도 오른
다고 포터가 그러더라. 용감했지 포터는. 무서운 건 따로 있
다고 했어. 집에서 앵무를 기르는데 불을 끄면 느닷없이 날
개를 파닥이면서 째째 하고 운대. 앵무가 짧고 가볍게 우는
건 무서워서 그러는 거라고 말해줬어. 여태 까먹지 않았더
라고. 깜깜할 때 앵무가 우는 게 어떤 건지. 텍스트를 나눠주
던 강의실까지 선명하게 그려지더라. 포터는 설산을 오르면
서 앵무 이야기를 몇 번이고 꺼냈는데, 나중에는 아무 대꾸
도 안 했어. 설산에서 본 사체가 정말 많았는데 얼어서 다 비
슷해 보이더라. 봇짐을 진 포터가 스틱으로 사체를 뒤집길
래 왜 그러냐고 묻기도 했어. 작년에 알고 지내던 포터가 둘
이나 사라졌대. 여기 어디쯤인 거 같다고 그랬어. 대답은 안
했지만, 그때 나는 너무 춥고 어지럽고 줄곧 앵무를 생각하
느라 정신이 없었지. 앵무는 다 보고 있었을 거야. 침대에 돌

아누운 주인의 등허리와 밤에 돌아다니고 밤 속에서 우는 것들을. 포터는 앵무가 째째 울다가 그치는 게 무슨 뜻인지 생각하기 싫었던 것 같아. 무슨 소용이겠어. 지금은 완전히 잊어버렸을걸? 그날 실종된 포터가 발견되었다면, 어땠을까. 아찔하다. 포터가 화들짝 놀라서 매고 있던 봇짐을 황급히 벗어 던졌을 거고 뒤에 있던 내가 봇짐에 맞고 넘어졌을지도 모르잖아. 정말 힘들었거든. 봇짐이랑 맥없이 같이 굴러 떨어졌겠지. 사방이 확 트인 그런 것도 얼룩덜룩하고 낮게 축조된 포카라의 상점들도 영영 못 봤을 거야. 사라진 포터는 내버려두는 게 나아. 그렇지만 일 년에 백 번이나 오르는 거라면, 결국에는 찾아내지 않을까? 우리는 포터가 발견된 그다음에나 같이 오자. 숨이 가쁘고 멍한 건 마찬가지겠지만 눈앞에 어리는 봇짐이 무섭진 않을 거야. 눈이 골고루 쌓여 있으면 좋겠다. 맑으면 더 좋고. 그때는 앵무도 한번 살펴보고 그러자.

껌과 과일

오늘은 힘든 일정이 될 것이다. 그저께부터 새 접시들을 전부 꺼내 물에 헹군 다음 마른 행주로 하나하나 깨끗이 닦았다. 그리고 그것들을 찬장에 빼꼭하게 쌓아 두었다. 큰 접시의 경우, 두 개만 닦아도 행주를 갈아 다시 닦아야 했다. 잠시 물기가 마르길 기다렸다가 닦으면 될 것 같았지만 지배인은 그런 생각은 못 한 것 같다. 하긴. 생각해보면 오픈이 벌써 이틀 앞으로 다가왔다. 오늘부터는 식재료가 들어온다. 김 서린 냉장고 문을 열고 들어가 식재료를 쌓는다. 그리고 껌을 씹는다. 입안에서 과일 향이 퍼지는 껌을 동료에게도 나눠 주었다. 모두 같은 향을 머금고 식재료를 정리한다. 이파리가 달린 여러 가지 채소와 버섯 그리고 구근 식물들. 당근이나 감자, 고구마와 더덕 같은 것들을 층마다 구분하고 신문지로 꼼꼼하게 잘 말아 두었다. 점심을 먹고 난 다음에는 새 접시에 생과일을 담아서 일하는 사람들과 같이 먹었다. 동료들은 모두 과일을 무척 좋아하는 것 같다. 하나둘 줄어들더니 어느새 새 접시는 깨끗해졌다. 과일이 사라진 말끔한 접시를 보았다. 껌은 느린 속도로 열대의 맛을 뱉어내고 있다. 씹을수록 딱딱해져서 이제 그만 씹어야 될 것도 같지만, 버릴 데도 마땅하지 않다. 새 접시들은 무늬도 없이 하얗다. 깨끗이 닦아놓은 접시들을 보면 항상 느끼는 바가 있는데, 찬장에 올라간 상태가 가장 완벽하다는 것이다. 그러나 이렇게 가만히 생각할 시간이 없다. 오픈이 벌써 이틀 앞으로 다가왔다. 가게를 계속 나올 건지 말 건지 이제는 정말 결정해야 한다. 새 접시들을 찬장에 다시 올리면서 나는 한쪽으로 마음을 굳혔다.

점차 빠른 속도

오늘은 비가 온다고 했다. 한동안 우산을 들고 돌아다녀도 비는 오지 않았다. 우산이 귀찮았다. 우산은 필요가 없는 날이었다.

그래도 우산을 쥐고 호수를 걸었다. 호수마다 이름이 있었다. 호수에는 공원이 있고 교외마다 호수가 있지만 교외라고 전부 공원이 조성되지는 않았다.

공원은 도심에도 있고
도심으로 유독 많은 비가 내릴 거라고 했다.

낮 동안 내내 걷는 사람들이 있어도 우산을 들고 다니는 사람은 없었다. 깜빡하고 날짜를 잘못 세고 있었던 건 아닌지…… 그런 생각을 했다. 비는 오지 않았다. 비 소식을 틀리는 경우가 많지만…… 그래도 비는 오지 않았다.

문득 산책은 귀찮아졌다.
산책이 필요 없는 날이었다.

거기까지 생각이 닿자 공원만 찾지 않기로 한 오늘에 비로소 들어설 수 있었다. 점차 빠른 속도로 찾아낼 수 있었다. 사람들이 어딘가로 향하고 이내 들어서고 있었다.

종활

바구니에 담았다. 유자 한 알과 싣고 온 과일장수를. 그가 몰고 온 트럭을. 정성껏 고르는 사람이 바구니를 돌아다녀서 아무래도 커다란 바구니 안으로 줄이 너무 길어서 무르익었다.

커다랗고 커다란 바구니를 빌려주는 사람이 바구니에 있고 바구니에 정물을 그리는 사람이 앉아 있다. 창이 나 있고 잔디가 푸르고 개를 끌고 가는 남매가 창가를 지나간다. 괘종 같다. 코를 박고 바구니를 탐색하는 것 같다. 개가 내 옆을 지나간다. 열매 열리고

상큼하고 좋은 유자를 고르는 아주머니에게 바구니를 나눠 주고 길쭉한 팔이 바구니마다 있다. 바구니 흔들리고 바구니에서 떨어지고. 바구니가 떨어지고 있다. 유자를 문지르는 과일장수가 유자가 유자를 든 손이, 썩으면 가벼워지고 바구니는 텅텅 비었다. 바구니가

뒤집힌다. 바구니로 쏟아진다. 희고 희고 아주아주 흰 것

들이 계속 쌓여서 유자도 바구니도 이제 안 보인다. 바구니도 없는 사람이 유자나무 아래서 유자를 거두고 있다. 나무가 그를 감추는 것 같다. 이제 아무것도 없고 아무것도 안 보인다.

짐

짐을 다 실었니? 짐은 다 실었어. 그러면 지금 출발해도 괜찮겠니? 출발해도 좋아.

어디로 갈 건지 정했니? 아직 잘 모르겠어. 어디로 가는지도 모르고 짐을 실었다고? 그래서 최대한 많이 실었어.

얼마나 있다가 오는지 알고는 있는 거야? 잘 모르겠어. 네가 어떤 생각을 하고 있는지 모르겠구나! 나도 잘 모르겠어. 정말로 모른다는 거구나.

그러면 짐을 다시 풀겠니? 짐은 다 풀었어. 그러면 나 혼자 떠나도 되겠니? 혼자 떠난다는 건 좋은 생각이야. 혼자서 어디로 가는지 알고 싶지는 않니? 글쎄 아직은.

실은 나도 아직까지 잘 모르겠어. 혼자서 얼마나 있다가 오게 될지…… 그래서 최대한 많이 실었어. 지금 출발하는 거야? 출발할 거야. 그러면 이제 혼자서 어디로 갈지 다 정한 거야? 글쎄. 어디로 갈지 모르지만 짐은 실었다고? 짐을 아까 전에 다 실었어. 그래서 최대한 많이 실었어.

이전에는 그냥 따라가면 되었다

줄을 그냥 따라가면 되었다. 이전에는 그랬다. 지금은 줄을 쥐어야 했다. 줄을 쥐고 뒤를 돌아보았는데, 전부 줄을 붙들고 있었다.

기다리고 있었다. 신호가 울리면 줄을 당기려는 것처럼 보였다. 그런데 신호를 알아차릴 수가 없었다. 어디에나 신호가 있었고

신호가 바뀌는 것과 동시에 푸드트럭이 달려왔는데

이번에는 달랐다. 이번에는 그냥 멈춰 있기만 했다. 푸른 불을 또다시 점화하려는 시도 같았다. 이쪽으로 더 가까이, 푸드트럭을 세워두려는 것처럼 보였다. 푸른 불을 보기 위해서는

서두르는 게 좋을 것 같았다. 푸른 불이 점화되면 동시에 끈을 놓으려는 거구나. 하지만 줄이든 끈이든 아무거나 붙잡은 사람들이 일순간 손을 놓기란 어려운 거구나.

푸드트럭과 줄을 붙잡은 우리와

푸른 불과

지금까지 여기에 모인 것들이 한꺼번에 움직이려면

신호가 필요했다.

그것과 함께 꼭 필요한 줄이 있었다.

이번에는 줄이 튼튼했다. 언제나 푸른 불을 점화하는 푸드트럭이 있어서 모두 안심하는 것 같았다. 이전에는 그냥 불을 기다리기만 했었다.

누군가 신호를 알아듣고 맨 처음으로 당길 것이다. 이전에는 그랬다. 반드시 그랬었고 지금은 줄을 쥐고 가만히 있어야 했다.

하나와 나사

하나는 나사를 조였다. 모서리가 생겼다. 모서리를 따라 갔다. 벽에 닿았다. 하나가 다시 나사를 조이고 있다. 둘러볼 수 있게 되었다. 먼지가 끼고, 하나는, 먼지만, 먼지만 털었 다. 목이 따가워서 창문을 열기도 했다. 창틀을 조립하면서 하나가 또 나사를 조이고

모든 게 환기되는 것 같았다. 하나는 창이 난 방에서 나사 를 쌓고 있다. 박스째 쌓고 있다. 박스에도 모서리가 보여서 하나는 박스에 나사를 박는다. 나사가 헛돌았지만 나사는 굴러떨어졌지만 하나는 주웠다, 나사를 조였다. 구멍이 생 기고

구멍은 가려졌다. 하나는 감출 수 있게 되었다. 이번엔 문 을 만든다고 했다. 나사가 얼마만큼 유용한지 친구들에게 알려주고 싶었다. 문을 열고 친구들에게 말했다. 하나는 친 구들이랑 주머니 가득 나사를 집어넣었다. 밖으로 나간 하 나는 마땅히 돌아다닐 데가 없었다. 결국엔 하나만 남게 되 는 상황이었다. 그 하나가 나사였고, 하나가 죽어도 나사는

튼튼하게 조여져 있을 거라고, 친구들이 말했다. 단단한 하나의 사실을 알게 되었지만 하나는 몰랐다.

하나만 몰랐다. 나사는 거기에 조여졌다. 그건 하나가 조인 나사였고. 하나는 드라이브라도 하고 싶었다. 드라이브를 시작했다. 정체된 차는 뒤꽁무니와 앞이 닿을 것 같았다. 나사를 잘 박는 요령도 비슷했다. 하나는 나사를 정말 사랑할 수밖에 없다고 여겼다. 나사만으로 질서를 만들 수 있을 것 같았다. 하나에게 나사는 신이었고 나사에게 하나도 신이었다. 하나는 문득,

세상의 나사를 모조리 풀어서 다시 조이고 싶었다. 그 전에 세계는 무너질 텐데. 별안간 내가 없어지고 말 텐데. 하나는 생각했고 나사는 딱딱했다. 하나는 하나를 소망했다. 하나의 옆 좌석에서 무언가 뾰족하게 빛나는 것 역시 나사였다. 그걸 하나라 부를 수도 있고 신이라 부를 수도 있었다. 어디서 만드는지 궁금했고 하나가 둘러본 공장에선 나사가 쏟아지고 있었다. 눈부신 공장이었다. 하나는 정말 모든 게 편

안해졌다.

죽음 같은 게 두렵지 않은 하나가 여러 신처럼 보였다. 일목요연한 마음이 들었다. 그러나 하나가 믿는 신은 하나였고 신은 하나가 아니었다고 말할 수 있었다. 하나는 나열해놓은 진술 중 하나를 골라서 조여볼 것이다. 그러니까 하나는, 믿음으로 조였다. 매일매일 닦고 털었다. "하나는 나사를 사랑해" 친구들은 종종 그렇게 떠들고 줄여서 '하나사랑'이라고 전화기에 저장했다. 사랑하는 하나에게 전화를 걸면, 나사가 대신 받는 게 이상하지 않았다. 하나가 지금 옆에서 조이고 있다고 했다.

홀케이크

머리 위에
홀케이크가 있다.
생크림 좋아
딸기가 좋아
누가 내 머리로 들어올 때
서두르는 게 좋겠습니다.
홀케이크를 감춘다.
빵 냄새가 나는 머리 위
문이란 문
죄다 열어 보는 사람들.
머리를 잠깐 내려놓고
활짝 열린 방으로 들어간다.
홀케이크를 먹는다.
누군가 방문을 닫고
걸어오고 있다.
점점 가까이 들리는 것과 동시에
사라지는 케이크.

3부
푸성귀가 없는 쪽

한 개의 큐브

침대가 삐걱거린다. 베개가 낮고 스탠드가 어둡다. 일어나서 스위치를 올린다. 게스트하우스다. 방문을 열면 복도다. 호실이 많고 벽과 문이 번갈아 배치돼 있다. 복도를 빠져나오면 호스트가 보인다. 작은 미닫이창 아래로 고개를 숙이며, 도와드릴까요? 호스트는 차분하게 말한다. 정숙하게 큐브를 맞추고 있다. 투숙객이 많이 찾아오느냐고 묻는다. 요즘에는 그런 편이라고 한다. 방으로 돌아와도 이 침대는 계속 삐걱거린다. 플로로폼에 꽂힌 푸성귀가 보인다. 협탁에 안경을 벗어 둔다. 게스트하우스를 그만 나가고 싶다. 나는 푸성귀가 없는 쪽으로 돌아눕는다.

두 개의 큐브

노란 종이테이프가 매트리스에 붙어 있었다. 표시였다. 저곳에 눕지 마세요. 교체가 필요해요. 안내가 있었다. 안내하고 사라지는 음성이 있었다. 그를 본 적 있었다. 더 필요한 상황이 없다는 듯 호스트가 사라지고 있었다. 나는 노란 테이프를 뜯어버리고 매트리스를 차지했다. 지금 이대로가 좋아. 혼잣말을 했다. 침대에 누웠다. 푸성귀는 벌써 다 시들었다고 했다. 음성 대신 환한 꽃다발이 있었다. 협탁이 그대로였다.

당분간 게스트하우스에서 지내고 싶었다. 꽃다발을 구경하다가 불을 끄지도 않고 그대로 잠들어 버렸다. 다음 날에도 그는 말했다. 저기에 누우면 안 된다고 표식을 해둔 거라고. 투숙객이 모조리 빠져나갔어도 서슴없이 말하고 꽃을 왜 다시 꽂아두었냐고 물었다. 그게 게스트하우스를 가꾸는 일과라고 했다. 자리로 돌아가 큐브를 집었다. 이쪽으로 와서 같이 큐브를 하자고 말했다. 나는 푸성귀가 없는 쪽으로 돌아누웠다. 타이머가 울렸다.

화원으로

푹푹 썩어가는 걸 집어 올렸다. 사프란 냄새가 났다. 계속 맡고 싶었고 계속 맡았다. 쓰레기통을 밖으로 던졌다. 창밖이 온통, 싱그러웠다. 현관문을 열었을 때 온통, 화원이었다. 계속 걸어서 끝에 다다랐을 때 비닐이 둘러져 있었다. 하우스 같았고 누군가 따뜻하게 보호하는 것 같았다. 누군가 꺼내줄 때까지 기다렸고 며칠은 되었다. 화원에서, 깨끗하고 단정한 차림으로, 아침마다 싱그러운 이곳에서, 사프란 냄새가 났다. 바닥에 붉은 칠이 된 장갑과 부러진 꽃가지가 있었다. 버릴 데를 못 찾았다. 찾기도 전에 누군가 저 끝에서 끝으로 떠밀려 왔다. 절연한 얼굴이었고 외투에서도 이상하게, 사프란 냄새가 났다. 한 걸음 다가설 때마다 꽃가지 부서지고 그걸 주워서 꽃나무에 이어 붙이고 있었다. 접착제에서 사프란 냄새가 나는 건 이상하다. 금방 가시는 냄새는 이상하다.

어느 날부터

어느 날부터 천에는 오리가 있고 산책로가 있다. 어느 날 부터는 목이 긴 새가 찾아와 앉아 있고 어느 날부터는 음악 이 흘러나온다. 음악은 그 학생의 것이다.

어느 날부터는 멈출 수도 줄일 수도 없는 학생의 음악만 들리지만, 목이 긴 새를 담고 오리를 담고 달려가는 사람을 담아 화면을 저장하고 나면, 일정한 구간이 생긴다. 어느 구 간에 이르러서는 모든 게 멈추고 만다.

오리와 목이 긴 새가 걸어가는
음악 속에 있고
어느 학생이 먼저 도착해 거기에 앉아 있고

어느 날부터는 학생의 음악을 듣고 싶지 않을 때도 있다. 그러나 전화기를 뺏고 정지 버튼을 누르지 않는 이상 종일 들을 수밖에 없다. 그런데 또 어느 날에는 그 학생의 음악을 듣고만 있진 않기로 한다. 그렇게 하면 천에는 한바탕 소동 이 일고 산책자들이 우리를 쳐다보니까 어느 날부터는 도리가 없다. 가만히 듣기로 한다.

그리고 또 어느 날부터는 목이 긴 새가 날아가서 돌아오질 않고 오리만 천에 남아 함께한다. 오늘부터는 거리낌 없이 음악이 흘러나온다. 거기에 흠뻑 빠진 어느 학생과 내가 있다. 오리가 있다. 그런데 어느 날부터 학생은 조금씩 볼륨을 높인다. 음악이 커진다고

어느 날 갑자기 목이 긴 새에게까지 음악이 닿을 순 없다. 목이 긴 새가 아니고서는 목이 긴 새와 계속 함께일 수는 없다. 앉아 있는 학생에게 느닷없이 말을 건다. 정확한 날짜가 기억나지 않는다. 조금씩 어두워지는 천에서

학생은 떠나질 않는다.
음악이 필요해서 데리고 나온 그 학생이
일어나지 않고
어느 날부터는 누구의 말도 듣지 않는다.

종이집

벽돌로 쌓아 올린 집이 있었고 그는 벽돌을 세고 있다고 했다. 그는 붉은 벽돌과 검붉은 벽돌을 구분하고 붉은 벽돌 2,839개. 검붉은 벽돌 482개라고 했다. 195개의 높이로 쌓아 올린 집이었고 층고가 높은 3층이라고 했다. 그것이 이 집의 정면이고 틀림없다고 했다.

그는 벽돌 감별사가 되었다. 벽돌로 지어진 집을 세는 게 일이었다. 개중에는 가짜 벽돌도 있었다. 그는 그것을 구분할 줄 알았다. 동네에는 79개의 벽돌로 지어진 집이 있다고 그중에 세 집이 부서지고 다섯 집이 새로 생기고 두 집은 리모델링되었지만 데이터는 쌓였다. 데이터에는

벽돌로 지어진 집이 제일 많은 동네가 기입되었다. 벽돌로 지어진 집이 한 군데도 없는 동네가 추려졌다. 벽돌로 지어진 상가는 포함하지 않은 숫자였다. 감별사가 더 필요했다. 지망생이 생겼다. 목덜미를 주무르다가 포기하는 사람이 늘었다. 학원을 나오면서 벽돌을 헷갈리지 않고 세는 건 어렵고 힘든 일이라 했다. 재능과 적성이 반드시 있어야 한

다고 이달의 감별사가 말했다.

건축가는 벽돌을 세는 감별사가 한심했다. 그러면서 벽돌을 쌓아 올리는 미장공에게 벽돌을 몇 개 사용했는지 미리 세어보라고 했다. 미장공은 벽돌을 세다가 귀찮아서, 벽돌을 운반하는 인부에게 대신 부탁하고, 벽돌을 제조하는 사람도 대충대충 벽돌을 셌다. 이번 달에는 몇만 개의 벽돌이 생겼습니다. 그리고 몇만 개의 벽돌이 없어졌습니다. 벽돌로 지은 다채로운 집이 산출되었다. 통계연감이 도서관에 비치되었다. 그 전에 연감을 감수하는 위원이 생겼다.

위원은 맨 처음 벽돌을 세던 그였다. 그는 벽돌 대신 연감을 넘기며 숫자를 다시 세어보고 있었다. 막대그래프 높낮이를 검토했다. 벽돌을 세지 못해서 슬픈 얼굴이지만 그는 최초의 벽돌 감별사로 기록되었다. 둘둘 둘셋. 벽돌이 늘어선 골목을 빠져나오면서 손가락을 치켜든 모습도 신문에 실렸다. 그는 자신이 나온 신문을 가져와서 인쇄된 골목의 벽돌을 차분하게 세어보았다.

돌담에 있었다

쥐가 있었다. 큰 쥐도 있었다. 쥐를 바라보는 내가 있었다. 큰 쥐는 달려왔다. 반지를 물고 점점 가까워지고 있었다. 뒷걸음질 치는 내가 있었다. 쥐는 돌담 아래 반지를 숨기고 나를 지나쳤다. 큰 쥐가 조금씩 작아졌다. 작은 쥐처럼 보였다. 이제 쥐가 안 보였다. 반지가 있고 돌담 아래 있었다만

그다음 날에도 있고 그다음 날에도 있었다. 나도 있었다. 그다음에도 반지를 들고 달려갔다. 꼬박꼬박 달려갔다. 큰 쥐를 찾았는데 큰 쥐는 안 보였다. 돌담을 지나쳤다. 돌담이 몇 개 더 있었다. 돌담은 돌담인데 맨 처음 반지가 있던 그 돌담은 이제 안 보였다. 그 돌담 혼자 있었다. 쥐가 떠났고 나도 없었다.

반지도 없이 그 돌담 혼자 있었다. 크게 있었고 큰 쥐를 기다리다가 나를 기다리다가 너무 커지는 바람에 아무도 기다리지 않기로 했다는 소식을 들었다. 그 돌담으로 돌아가고 싶었다. 큰 쥐를 찾아서, 큰 쥐랑 같이 가고 싶었다. 며칠을 달리고 며칠은 더 찾았다. 큰 쥐가 처음 보는 돌담에 있었다.

살이 빠져 있었다. 그래서 큰 쥐는 작은 쥐처럼도 보였지만

아무래도 큰 쥐가 맞는 것 같았다. 반지를 알고 있는 걸 보니까 큰 쥐가 맞았다. 이 반지는 어디 있니? 돌담에 있었다. 대답하는 큰 쥐랑, 같이 달렸다. 어제부터 달려갔다. 그저께도 똑같이 빛나던 반지를 들고 갔다. 저 멀리 돌담이 보였다. 그 돌담은 혼자 있었다. 반지도 없이 혼자 있었다.

그 돌담이 우리가 오는 걸 발견하고 크게 웃었다. 넝쿨들도 함께 웃었다. 큰 쥐와 나는 더 더 커다래진 돌담에 반지를 올려두고 가파르게 숨을 골랐다. 반지는 빛났다. 큰 쥐가 웃으면 나도 따라 웃었다. 그저께도 웃고 어제도 웃었다. 반지는 변함없이 있었다. 쥐를 바라보는 내가 있었다. 그 돌담 아래는 볕이 들어서 뜨거워 보였다.

도슨트

모링가 그늘 아래 자두를 깨무는 아이가 있다. 나는 아이를 보고 아이가 나를 못 본다. 그늘 아래인 줄도 모른다. 나는 모링가 옆에 있는 들꽃까지 볼 수 있다.

입에 문 게 자두인지도 모르는 아이의 치아가 자두에 막 닿았고

얇고 붉은 껍질이 조금 벗겨져 있다. 그렇지만 아이는 자두를 못 삼키고

나는 모링가 아래 비치된 유리장에 자두를 보관할 수도 있다.

아이는 유리장에서 잘 익은 그것을 못 보고 자두를 깨무는 일에만 열중한다. 한 발짝 물러서서 보면

자두가 통째로 날아와 입에 박혔고 그걸 빼려고

안간힘을 쓰는 아이로 보인다.

나와 같이 소정의 교육을 받은 도슨트들은 모링가 그늘 아래를 지나갈 뿐이다.

우리는 무척 바쁘고

도슨트가 비는 시간까지 눈길을 줄 여유가 없다.

아무도 없는 시간에는

모링가 그늘이 아이를 감춘다고 한다.

그게 정말인지 확인해줄 도슨트가 없다.

내가 모링가를 보고 드리워진 들꽃도 우리를 지켜볼 뿐

이다. 이쪽이라고 손을 흔들면

관람객 여덟아홉이 모링가 그늘 아래 멈추기도 한다.

나는 교육받은 대로 건조한 모링가와 자두를 깨무는 아

이를 그린

그해 여름 연보를 설명한다.

안내 중에 멈칫하면 듣는 사람이 불편할 수도 있으니까

아까 전부터 지켜보는 들꽃과는

시선을 마주치지 않으려고 최대한 노력한다.

네트

멀리서 누가 테니스를 치고 있어. 정말로 공이 날아왔다. 아무도 공을 받지 않았다. 그다음 모자가 날아왔고 새가 발코니가

소파가 날아왔다. 아무것도 받을 수 없었다. 반대편으로 넘길 수가 없었다. 오늘은 무거운 신호등이 날아왔다. 수영장이 통째로 날아와 거리가 온통 젖어버렸다.

도시가 망가졌어.
꼬질꼬질해진 테니스공이 발밑으로 굴러다녔다.

방금 전에는 노란색 헤어밴드가 날아왔다. 나는 노란색 헤어밴드를 두르고 무언가 날아오길 기다렸다. 제일 먼저 화물차가 날아왔고 조금 있다가는 철제 의자가 의자 다리가 두세 개가 차례차례 날아왔다. 모조리 저쪽으로 다시 넘겨버리고 싶었지만…… 그러려면,

아주아주 튼튼한 라켓이 필요했다. 스트링을 더 세게 조

이고 도시를 정비할 거야. 아주아주 커다란 창고라도 날아와 정리가 되면 더 좋았겠지만 아주아주 커다란 창고는 날아오지 않았다.

아주아주 커다란 창고만 빼고 모든 게 이쪽으로 쌓이고 있었다. 이제 저쪽에는 창고 말고는 아무것도 없을 것만 같아. 정말로 그랬다. 네트를 넘어가니까 아주아주 커다란 창고가 있었다. 그 안에 아주아주 튼튼한 라켓도 있을 것 같지만 아주아주 커다란 문을 열 수는 없었다.

계단을 고치면 되었다

집을 전체적으로 손봐야 했다. 나는 계단을 고치면 되었다. 계단을 고치다가 빨간 수레를 밀고 들어오는 담당자를 보았다. 거기에 철거한 계단을 싣고 계단을 새로 만들면 되었다. 빨간 수레 담당자는 지하실이 궁금하다고 했다. 그러나 지하실은 잠겨 있었다. 많은 사람이 이 집에 드나들었다. 꼼꼼히 둘러보았고 다시 방문하는 사람도 있었지만 바로 사겠다는 사람은 없었다. 계단을 고치는 동안은 그랬다. 나는 주어진 시간 안에 계단을 고치면 되었다. 정확히 말하면 새로 만드는 것에 가까웠지만 아무도 그렇게 생각하지는 않았다. 내부가 어떻게 달라지는지 설명하는 사람도 보았다. 나는 그 사람이 말한 대로 수리가 완료된 집을 상상해보았지만 명확히 딱 떠오르는 어떤 구조가 있는 건 아니었다. 그것과 상관없이 나는 계단을 고치면 되었고 지하실은 내가 맡은 작업이 아니었다. 계단을 고치고 나면 또 다른 계단도 고쳐야 하니까 지하실은 그냥 잊어버리고 말았다. 한 번은 주택이 완전히 개조된 다음 빨간 수레 담당자를 본 적이 있다. 담당이 한 명 더 늘었고 둘은 수레를 끌고 어디론가 가고 있었다. 계단이 왜 잘못된 건지 질문하는 사람도 없었다. 하지만 위험한 계단이 있어서 계단을 새로 만들 수 있었다. 새로 칠한 지붕 때문인지는 몰라도 집은 더없이 화사해 보였다. 담장 안쪽에서 별안간 어떤 소리가 났지만 나는 그 어떤 것보다 계단을 새로 만드는 사람이지 계단을 고치는 사람은 아니라고 다시 생각했다. 빨간 수레 담당은 그제야 나를 발견한 것 같았다. 내게 크게 소리쳤다. 어디로 고치러 가십니까. 빨간 수레 담당은 웃으면서 물었다. 계단은 고치는 게 아니라 새로 만드는 겁니다. 그렇게 말하지는 않았지만 계단은 고치면 되었다. 그가 빨간 수레를 끌고 끝까지 가는 것이라면 아무런 문제도 없었다.

새가 필요해서

검은 눈 흰 부리 노란 깃털을 가져다주었어.

새가 필요해서.
새가 날아가는 장면이 필요해서.
영혼을 불어넣는 일 같은 거 안 했어.

새가 필요해서.

새가
새와 함께
날아가는 게 필요해서.

그것이 무리가 되어서

새들끼리 영혼을 지저귀는 일 따위 벌어지지 않고
검고 희고 노란 깃털을 뽑았어.
죽은 새에게서.

새가 필요해서.

새를 날리는 손이 모자라서. 그것이 무리가 되어서.

사람들이 영혼을 보살피는 일 같은 거 하지 않고

검은 눈 두 팔 양어깨를 잘라서

어떤 날에는 테이블 위에서

손가락으로 걸어가는 다리를 재현했어.

오른편에서 왼편으로 테이블 바깥으로 몸 없이 사라졌어.

거기서부터 날아갔나 봐.

날아가는 모습을 올려다보기도 하고

자,

여러분에게 새를 날려 보내고자 합니다.

새가 필요한 사람에게

목숨이 아깝지 않은 사람들을 모아서.

버섯이 왔다

버섯이 왔다. 계속 쳐다보고 있으니까 그대들이 왔다. 어디서 왔어요. 그대들 물었다. 대답해줄 그대들 내게도 필요했다. 아는 버섯 오지 않았다. 아는 사람도 오지 않았고 그곳으로 처음 보는 버섯이 왔다. 처음에는 버섯 구경하는 그대들만 있었다. 서로 그늘을 드리웠다. 그대들이 서로 몰라보았다. 간만에 고개 들었을 때 볕이 아주 뜨거웠다. 나는 멀쩡했다. 눈부신 그대들이여. 그대들은 나더러 만지지 말라고 그랬지. 뜨거워진 이마를 짚으며 열꽃까지 함께 데리고 온 거니? 처음 보는 그대의 사람들이 인사했다. 고개를 돌리고 모르는 그대들과 목례를. 버섯이 늘 하던 모습대로 따라 했다. 그대들과 아름다운 지역으로 출발할 수 없었다. 도착해서 맞게 되는 첫인상은 대부분 평화롭다는 거였다. 나는 버섯의 행방을 따라갔고 비행기 내부로 들어섰을 때 승객들이 가득했다. 대부분 떠날 채비를 마치고 있었다. 그대들이 그렇게 물었던 것처럼 승객들이 버섯을 가져왔냐고 그랬다. 급하게 버섯이 필요했는데 때마침 버섯이 왔다. 버섯과 함께하는 그대들이 일정을 소화하고 있었다.

세 개로 이어지는 큐브

최근에는 살이 쪘다. 운동의 필요성을 느꼈다. 운동을 하려면 게스트하우스에서 나와야 했다. 메모지를 뜯지 말라고 그가 부탁했다. 큐브는 싫증이 나서 다른 걸 찾고 있었다. 운동을 같이 해보자고 제안했다. 그는 운동을 하는 동안 게스트하우스를 어떻게 할 수 없다고 걱정했다. 제안을 취소할 수밖에 없었다. 그렇지만 나는 운동을 더 미룰 수 없다고 대답했다. 게스트하우스를 나오면서 미리 공지를 붙여두었다. 그는 내일도 말하겠지. 저기에 눕지 말라고. 표식을 해두었다고. 그는 멀쩡한 호스트처럼 보인다. 나는 뛰었다. 뛰다가 피식 웃음이 났다. 체육관에서 타이머가 울렸다.

휘슬

의자를 옮기고자 합니다. 먼저 의자를 만들어야 합니다. 목재를 구하는 일부터 차근차근 시작하면 좋겠지만 따분한 차례가 될 겁니다. 테이블 위에 컵이 있듯이 이 집에 의자가 있습니다. 제가 사용하던 의자입니다. 지금은 다른 사람이 앉아 있네요. 이름을 붙여주었습니다. 나경이라 부릅니다. '나경이'라고 세 음절을 부드럽게 발음해도 좋습니다. 나경아. 그거 내가 매일 사용하는 의자야. 나경이는 물 채운 컵과 같이 과묵합니다. 그렇지만 컵에 든 물을 마시면 컵에서 물이 사라지는 것과 같이 나경이는 제 말을 알아듣습니다. 제 표정을 살피기도 합니다. 의자를 점하고자 합니다. 나경이를 살피면서 나경이가 일어서는 걸 기다려야 합니다. 앉아 있는 나경이가 고민에 빠질 수도 있습니다만, 관심 밖의 일입니다. 목재와 같은 것입니다. 지금까지 지켜본 바, 적어보자면

나경이는 의자에 앉아 밥도 먹고 책도 보고 가끔 휘파람도 붑니다. 나경이는 마른 컵과 같이 조용할 따름입니다. 나경이가 잠들기라도 하면 곤란할 수도 있습니다만, 나경이는

깨어 있고 나경이만 지우면 의자를 옮기는 건 수월한 일입니다. 제가 권태로울 수밖에 없는 이유이기도 합니다. 언제부터인지 다리가 아팠습니다. 의자에 앉아 밥도 먹고 책도 보고 이따금씩 턱을 괴는 나경이를 줄곧 바라보고 있었거든요. 가볍게 주먹을 쥐고 허벅지를 툭툭 두들겼습니다. 창밖에선 새가 돌아다닙니다. 새가 울 때는 다리가 시원해집니다. 왜 그럴까 감감히 떠올려 보았습니다. 잠시 저를 내려놓고 생각해보면

　나경이를 옮길 기회가 있었습니다. 나경이는 잠도 안 자고 저만 혼자 잠들 때도 있었습니다. 고개가 푹푹 떨어진 다음에는 꿈에서도 봤어요. 나경이가 앉아서 꼬박꼬박 밥 먹고 노래 부르고 공부도 한다고 중얼거렸습니다. 의자를 옮기고 싶다고 의자를 옮겨야 한다고 타이르기도 했습니다. 나경이가 스스로 일어나면 좋겠지만 나경이는 물끄러미 창가를 바라보듯 제 얼굴을 바라봅니다. 나경이에게는 시간이 좀 더 필요한가 봅니다. 저는 어쩔 수 없이 방향을 틀어서 의자를 새로 가져오고자 합니다. 그리고 나경이와 마주 앉아

서 이제부터는 나경이와 밥도 먹고 공부도 하고 영화도 보면서 조금 더 나은 사람이 되고자 합니다. 나경이가 저를 뭐라고 부를지 궁금합니다. 무엇보다 지금부터는 의자를 소중히 다뤄야 합니다.

꿈에

　가지를 먹다가 잠들면 가지가 되기도 해. 가지가 말했다. 가지가 말을 하는군. 가지는 잠들었고 가지 옆에 나도 누웠는데 꿈속에서도 가지가 나오는군. 가지가 있는 곳으로부터 멀리 도망치자. 달려가도 가지와 가지가 가로수처럼 행렬을 이루는 꿈. 달리기가 시작되고 가지들이 양옆에 늘어서서 휘파람 부는 꿈. 가지들이 손에 물을 쥐여주는 꿈. 젖은 머리에 물을 끼얹는데 이렇게까지 흐뭇한 마음이 들어도 괜찮은 건지. 이렇게까지 흐뭇하면 나중에는 세리머니를 하게 될지도 몰라. 끝에 가서는 샤워를 하게 될 수도 있다. 노을이 지는 오르막에는 가지 말고도 다른 게 많았지만, 나는 가지만 보았던 것 같아. 가지와 함께 잠든 꿈에서 깨어났을 때 옆에 가지가 있었다. 가지가 조용하게 나를 지켜보고 있었다. 가지를 보며 말했다. 너도 내 꿈을 꾸니? 가지가 말했다. 가지가 말을 하기도 하는군.

유리들

유리가 신세계백화점에 있을 때 유리는 커다란 종이가방을 들고 있다. 유리 또한 오토바이를 타고 지나간다. 그러나 유리가 한 묶음 들고 걸어가고 유리를 유리가 본다. 유리는 잠시 선 채로 문자 메시지를 읽는다. 유리는 유리를 매일 보고 유리는 유리를 모르지만 가끔 유리가 틀어주는 구름 영상이 마음에 든다. 유리도 마음에 든다. 유리를 따라서 유리도 조개구름을 틀고 유리는 조개구름보다 두루마리구름이 마음에 든다. 사실 유리는 조개구름과 두루마리구름을 구별하지 못한다. 유리 또한 모른다. 유리는 가끔 빨간색 우산을 쓰지만 대부분의 유리는 검은 우산을 쓰고 유리는 수요일마다 무가지를 나눠준다. 무가지를 나눠주는 유리를 유리가 바라보고 유리도 무가지를 본다. 저녁이 되면 유리와 유리는 각자 밝은 실내로 들어간다. 유리는 빵을 고르고 유리는 메뉴판을 펼친다. 유리는 빵집에서 나온다. 유리가 외투를 고쳐입고 유리가 맞은편에서 커다란 상자를 들고나온다. 헬멧을 쓴 유리가 유리를 발견하고 유리는 지금 오토바이를 타고 신세계백화점을 지나간다. 유리는 바닥에 상자를 내려놓는다. 유리가 손을 흔든다. 헬멧을 쓴 유리가 흔들리는 유리의 손을 쳐다본다. 유리는 유리의 손을 이해한다. 유리에게 유턴을 해서 그쪽으로 가겠다고 손짓한다. 유리도 유리를 이해하고 유리도 그 장면을 본다. 유리를 본다. 유리를 보고 있으니까 유리만 보인다.

4부
세검정으로 간다

트랙

누군가 운동장을 나눠주고 있다. 누군가 운동장을 빙빙 돌고 있다. 누군가 공을 가지러 뛰어가고 있다. 공이 구르고 있다. 누군가 스탠드에 앉아 있다. 누군가 운동장을 나눠주는 바람에

그게 누군지 찾아보고 있다. 누군가 운동장을 빙빙 돌고 있다. 누군가 공을 가지러 뛰어가고 있다. 공이 구르고 있다. 누군가 스탠드에 앉아 있는 바람에

누군가 운동장을 나눠주고 있다. 누군가 운동장을 빙빙 돌고 있는 바람에

누군가 공을 가지러 뛰어가고 있다.
공이 구르고 있다.

누군가 운동장을 나눠주는 바람에 누군가 운동장을 찾아보고 있다. 누군가 일어나고 있다. 누군가 스탠드를 바라보고 있다.

드라이브

여름 돌은 뜨거웠다. 연못에 던지면 원호가 그려지고 천천히 커지고. 생각이 깊은 정원사가 원호에 포함되어 오렌지나무를 가꾸고 있었다. 오렌지도 뜨거웠다. 뜨거운 오렌지를 던질 연못이 여기로부터 너무 멀리 있었다. 생각이 깊은 정원사가 오렌지를 던지지 못하고 연못 쪽으로 터벅터벅 걸어오고 있었다. 거기에 오렌지를 던지고 일렁이는 호를 가까이서 보려고. 여름 돌들이, 무성한 오정으로 거의 도착하고 있었다. 조금 더 있다가 돌은 속까지 뜨거워지고 그걸 다시 쥐고 싶지 않았다. 돌을 또 만질 필요도 없었고 생각이 깊은 정원사가 오렌지나무 쪽으로 돌아가고 있었다. 여기에 있던 오렌지나무를 접어서 아주 사라지고 있었다.

리듬 잔치에서 네가

리듬 잔치에서 모두가 리듬 팔찌를 차고 흰 칸에서 검은 칸으로 원 투 쓰리 차차 룸바 자이브 왈츠 리듬이 리듬 사이를 비집고 들어간 잔치에서 네가

자기만의 리듬을 잊어버리고 혼자 고개를 숙이고 있었다.

흰 칸이나 검은 칸에서 바닥에서 세모 별 네모로 돌아다니는 걸 좋아하는 리듬. 처음 본 리듬들이 들어서 익히 알법한 리듬끼리 뭉쳐 다니면서 쳐다보았다. 리듬은 박자도 못 맞추고 안 그래도 뻣뻣한 리듬에게 더 심각하게 굳어가는 리듬이

쓸모없고 딱하기도 해라. 리듬 잔치에서 리듬이나 껴입고 리듬을 쓸어 넘기고
리듬을 하얀 플라스틱 칼로 자르고
리듬이 풍선을 부는데 결국에는 리듬이 빵 터져서 깜짝 놀라는 잔치에서

나는 너에게 리듬을 묻혀주었다.

가벼워진 너는 이제부터 리듬에 알맞은 차림과 잔치를 갖추고 비슷한 태도를 따라 한다. 리듬의 모습이 되어간다. 우리가 마시거나 우리가 어긋날 수 있는 리듬으로

차차 리듬이
리듬 사이를 어색하게 비집고 들어간다.

어제도 그랬는데
어제도 여기 리듬이 있었는데
리듬을 늘어놓고 있는데

걱정은 그만하고 태연하게 리듬이나 조립하면서 리듬을 분지르고 리듬의 볼록한 부분을 리듬의 오목한 부분에 끼워 맞추면서

리듬이 된 간판과 리듬으로 길어지는 건물과 리듬 말고

는 딱히 살 게 없는 인물이 나오는 원고로 책을 묶고 있었다.

　이제 같은 색깔끼리

　리듬을 책장에 꽂아두고 가끔 리듬이나 펼쳐보자. 뭐부
터 읽을지는 나중에 정하고 리듬이 진짜 책이 되기 전에 두
번이 없는 리듬 잔치로

　리듬이나 칠하고 나갈까? 나갈래?
　그렇게 말하는데

　리듬 잔치에서 네가 리듬을 어기고 있었고
　지치지 않는 리듬이 밀가루 반죽을 꼼꼼하게 섞고 있었
다. 잔치를 휘두르고
　접시를 찾고 있었다.

빛 없이 있던 것

그는 막스로 불린다. 막스는 마사이마라 국립공원에서 일한다.

마사이마라 국립공원은 케냐에 있고 풀 뜯는 영양도 있다. 사파리에서 마사이마라에서 그리고 국립공원에서 그것은 막스로 불린다.

풀을 뜯고 있을 때 막스는 분명히 마사이마라에서 등허리를 쓰다듬고 있었다. 풀을 뜯었고 이제부터 풀을
막스라 불러보자. 막스로 가득한 푸름이 지천에 깔릴 때까지.

푹신한 이곳을 떠난다면 그와 영양이 국립공원이 구분되겠지. 막스야. 민수를 부르듯이 한국인의 발음으로

막스야
그리고 막스야

막스를 부르면 막스가 손을 흔든다. 한국말도 확실하게 알아먹는 막스는 국립공원 직원이고 막스는 사파리이며 사파리에서 막스는

인간만이 가지고 있는 풀을 흔든다. 인간 막스가 풀을 번쩍 들고 있다.

놀자는 신호는 아니고 여기는 사파리 국립공원 마사이마라이며 막스는 다른 걸 생각할 겨를이 없다.

막스가 달려오는 국립공원은 자연스럽다. 지체 없이 넘어가는 채널처럼 보인다. 모든 사건을 피한 여기는 오늘도 모든 사건을 피한 케냐가 된다.

명과집

　명과라고 했다. 명과가 궁금해서 명과를 사러 명과집에 찾아갔다. 손님이 많았다. 명과를 부숴 놓은 시식대가 있었다. 부서진 명과를 집어 들었다. 명과를 한 번 더 먹고 명과를 또 집으려고 했는데 명과집 아저씨가 다른 손님들이 뒤에서 기다리고 있다고 했다. 명과 맛을 제대로 볼 수 없었지만 명과집에 들어온 이상 명과를 지나칠 수 없었다. 명과를 가져와서 친구들에게 명과를 내어주었다. 이런 게 명과라고 친구가 말했고 나는 이건 진짜 명과가 맞고 명과집에서 직접 사 온 거라고 알려줬다. 명과집은 어디에 있었냐고 물었다. 나는 명과집이 있던 육교 근처로 거슬러 올라가야 했다. 명과집에서 시작된 계피 향이 따듯하게 퍼지고 있었다. 명과집을 알려준 다음에 명과를 먹으려고 했다. 접시에 차곡차곡 쓰러져 있던 명과는 전부 사라지고 없었다. 부스러기만 흩어져 있었다. 빈 접시가 까끌까끌했다. 접시를 헹구고 있었는데 조무사가 문을 열고 서두르자고 했다. 이 층에서 수속을 밟으라고 했다. 옷을 갈아입으면서 창밖을 보았다. 명과집이 성벽에 가려져서 보이지 않았고 명과를 먹은 친구들도 전부 사라지고 없었다.

푸드트럭이 달려오고 있었다

푸드트럭은 망연한 표정이다. 푸드트럭은 우리 집 망아지다. 비통하고 처연하고 절절하다. 며칠 상간 쭉 그랬다. 귀엽고 씩씩하고 알록달록한 푸드트럭이 풀 죽은 친구의 뺨을 핥아주었다. 친구는 우리 집에 와 있어도 애잔하고 서글프고 안쓰럽다. 푸드트럭과 친구를 두고 밖으로 나갔다. 푸드트럭이 차양을 펼치고 있었다. 차양에는 각기 다른 메뉴가 적혀 있었다. 푸드트럭마다 푸른 불이 점화되고 있었다. 그때는 푸드트럭이 내가 있는 쪽으로 달려오고 있었다. 원래 내 자리라고 다투는 걸 보았다. 하나의 푸드트럭은 망연한 표정이다. 하나의 푸드트럭은 우리 집 망아지다. 우리와 나고 자란 망아지는 한 마리다. 망아지 우물을 가진 집은 우리뿐이다. 친구가 망아지 우물은 처음이라고 했다. 집을 오래 비워야 하는 날에는 밸브를 잠갔는지 확인했다. 우물 쪽으로 가야 했다. 우물을 향해 푸드트럭이 달려오고 있었다. 그때는 그랬다.

조제기

그이를 따라간 곳에는 기와가 쌓여 있고 담장이 있고 항아리가 있었지. 무언가 들어 있는 것 같았어. 어디선가 마당으로 날아들기도 했는데, 하나는 새였고 하나는 누가 던진 새나 돌처럼 보였어.

그이 뒤에 숨어서 항아리가 자꾸 깨지는 걸 보았지. 깨지는 소리, 분명하지 않았어. 마당에선 붉은 게 흘러내렸고 검게 변한 것도 있었어. 조용하게 기록을 갈아엎는 것 같았지. 그걸 먹으려고 날아오는 새도 있었고

묵연한 그이가 있었고 마당이 엉망이었어. 시골집에서 그만 나가고 싶었는데 아무도 깨우질 않잖아. 마당은 곧 비워질 것 같은데, 그런가? 그이는 앞에서 그렇게만 말할 줄 알고

등 뒤엔 작은 병 하나가 세워져 있었다. 나는 마루에서 내려와 붉고 검은 것들은 병에 담았어. 새처럼 바빴고 그이랑 함께 시골집을 아끼고 먼지와 한데 섞였지. 절반 이상 채워진 갈색병을 눈높이로 들어 올렸어.

무언가 지울 수 있을 것 같은 액체가 점벙거려서 깜짝 놀랐지. 항아리를 향해 있는 힘껏 던졌다. 그러자 마당이 깨지고 깨지면서 그이가 또 뭐라고 했는지 소록소록 기억나기 시작했다.

애니메이션

눈이 내리고 있었다. 그는 쥐를 그렸다. 캔버스에 화분에 담벼락에 온통 쥐를 그렸다. 쥐를 그리다가 창밖으로 쌓이는 눈을 보기도 하고 다 그린 윤곽 안쪽에 회갈색을 채우면서 집에서 버스에서 카페에서 어느 시간 무슨 장소에 있더라도 소용이 없다는 듯. 그런데 지금은 눈이 내리고 있었다. 그러니까 그동안에 나는…… 무수히 많은 겨울 쥐를 구경할 수밖에 없었다. 돌연 그의 말이 생각났다. 지하도에 울타리에 그리고 공원에 그려둔 그 많은 쥐를 추려 순서를 맞추다 보면 눈을 찡그리는 쥐로 보일 거라고…… 그는 창턱에 걸터앉은 채 이제 다른 걸 그리고 있다고 그런다. 나는 눈밭을 달려갔다. 레일에 올려놓은 장난감 기차처럼 달리고 달리면서 그는 계속 쥐만 그릴 것만 같은데…… 같은 생각을 할 수밖에 없었다. 도무지 그치지 않는 눈발 속을 언제까지 달려야 하는지 언덕 너머로 보이는 희뿌연 형체가 정말 집인지, 집을 확인하기에는 아직 너무 멀게만 느껴졌다. 그러나 저건 집일 거야 창턱에 걸터앉은 그가 나를 먼저 발견했으면 좋겠다. 때마침 눈이 내리고 있었다. 자꾸만 눈이 내리고 눈 위에 눈이 눈으로 쌓이고 있었다.

일본장미

교외에서 일본장미를 판다. 이건 여기밖에 없어요. 일본
장미 말고도 많아요. 일본장미는 생각보다 무겁고 희고 뭉
글뭉글하다. 반듯하게 썰리기도 한다. 비닐하우스 안쪽에
맺힌 물방울이 미끄러지고 또 미끄러지더니 하나로 합쳐져
서 더 빨리 미끄러지는 걸 봤다. 일본장미가 순식간에 끓어
오르는 걸 봤다. 보기 좋게 잘라서 일본장미를 씹어 먹는 사
람을 한동안 쳐다보다가 화원 밖으로 나가야겠단 생각이 들
었다. 일본장미로 간판을 아주 바꿀까 싶어요. 주인이 하는
말을 들었다. 공기가 차다. 화원이 쭉 늘어선 보도를 걷는다.
어떤 하우스 앞엔 화훼란 글씨가 적혀 있고 바람이 불 때면
동시에 비닐이 출렁거려서 하나의 단지라는 실감이 들었다.

다회

차를 마셨어요. 둘러앉기까지 많은 계절 지나왔네요. 물과 돌 지나서 숲 헤치고 계속 걸었어요. 다회가 열린다고 했는데 도착한 곳엔 아무도 없어서 더 많은 물과 돌 지나서 그것이 숲이 된 다음에 아무도 거닐지 않는 숲에서 배울 게 없습니다. 시작하는 예절 가르쳐주는 사람 없어요. 시간이 이렇게 지나갔는데 여태 혼자예요. 펼쳐진 숲에서 더 짙은 몇 개의 숲이 뻗고 그곳은 마르기도 하고 붉기도 하고 이제 스스로 차를 만들 수 있을 것 같은데 다회가 열리는 일은 따로 있어서 지나쳤어요. 눈앞에 펼쳐진 더 많은 숲, 무성했어요. 인기척 났지만 물 흐르고 돌 박힌 곳이라서 더 헤집고 싶지 않습니다. 돌이키고 싶지 않았어요. 우리는 다회가 열리는 곳에서 결국 만날 테니까 지나쳤어요. 풀 스치는 소리 계속 들려도 계속 계속 폭우가 쏟아지는 날에 도대체 차 마시는 곳 있기나 한지 궁금했어요. 안개 끓고 꽃 식는 숲에서 물끓기는 일 없어요. 물은 공연합니다. 헐벗으면 가지 사이로 누군가 보여야 했는데 아무도 없어요. 한참 전에 나는 지쳤어요. 아무래도 차 마시는 일 없을 것 같아서 그만 돌아가고 싶었는데 너무 많이 흘러버렸으니까 돌아가면 이도 저도 아닌 날이 지속될 겁니다. 물과 돌 사이에서 깨달았어요. 물 돌 물 돌 물 돌 반짝이는 그것들 지나서 나는 숲보다 빨리 놓입니다. 물과 돌 같은 거 회수되고 숲 무너지는 가운데 다회가 열리는 수순이었지만 아무도 없어서 더 많은 물 돌 물 돌 우거진 숲에서, 돌이키고 싶지 않았어요. 모이는 장소 어딘지 모릅니다. 서둘러 돌아가기 바빠요. 그리고 하나둘 끊임없이 돌아왔습니다. 숲에서 숲으로 숲에서 마을로 마을에서 숲으로 이어지는 계절 지나서 속속 무성해지는 이들과 만나서 우리는 불을 켭니다. 검고 흰 얼굴들 보이고 이것을 다회가 아니라 여기는 사람 없어요. 그리고 말했습니다. 둘러앉기까지 많은 계절을 지나왔다고. 조금 전까지 우리는 혼자였는데 옆에 있는 사람 언덕을 넘어왔대요. 끊임없는 오르막과 내리막이라 말하고 나는 언덕에 흐르는 물과 물에 비친 돌을 집었습니다. 그것이 언덕을 착수하는 방법입니다.

제조기

신발을 신고 있는 사람이 그이는 아니다. 그이는 아직 시골집에 있고 시골에는 그이밖에 없는데 그이는 마루에 앉아서 한나절 쉬다가 항아리를 다른 곳으로 옮기고 보호한다고 그런다. 최근에 들은 소식이다. 신발을 신던 사람은 아직도 어떤 신발을 신고 나갈지 고민 중이다.

그이에게 이런 소식을 전해주었다. 사람들이 밖으로 나간 지 오래된 것 같은데 그는 아직도 가지런히 끈을 매면서 종종 다른 신발을 찾아보기도 한다. 새로 사들인 신발이 아직 도착하지 않아서, 신발장에 있는 다른 신발을 골라보다가 마음에 들지 않아서 다른 것도 고민 중이다.

현관에서 들었던 말이다. 먼저 나간 사람들은 어지간히 했으면 이제 그만 밖으로 그가 나왔으면 좋겠다고 말한다. 하루라도 빨리 시골에서 그이가 올라오길 바란다. 나도 그가 빨리 왔으면 좋겠다. 누군가 새 신발을 가지고 이쪽으로 오고 있다고, 새로 나온 신발을 제일 먼저 받게 되는 게 신발을 고르는 사람이라고 말한다. 이제 밖은 너무 추워서 기다리는 사람도 다 떠났다. 신발을 받고 그걸 신고 그는 어디로 향할까. 결국에는 문 열리는 바람에 궁금한 걸 참지 못하고 그에게 물었다. 그는 대수롭지 않게 일하러 간다고 하더라. 정말로 사고 싶은 건 따로 있는데

그게 하프라고 하더라. 오늘 모인 사람들 하나같이 음악을 사랑해서 모였고 자기랑 공장에 일하러 가는 사람은 그중에 둘밖에 안 된다고 그래서 그 둘과 제일 친하다고. 그 둘이 누구랑 누군지 이름도 얼굴도 알 순 없지만 어쨌든 오늘 본 사람들 가운데 하나 이상이라는 사실은 알고

마음에 드는 그런 신발을 신고 출근하는 그런 근사한 공장이 있다면 그이랑 함께 가서 무엇이든 만들어보고 싶다.

작업

　장갑을 벗었다. 손이 딱딱하게 굳어버렸다. 이럴 땐 어떻게 하면 좋을까. 뺨에 닿은 손은 내 것이 아닌 것 같다. 처음에는 신기했는데 불식간에 무서운 생각이 들었다. 몸이 얼어붙는 기분이 들었다.

　도와달라고 소리를 쳤다. 네가 달려왔다. 오늘부터 작업에 투입된 네가 장갑을 벗고 한달음에 왔다. 네 손도 차돌처럼 단단하구나. 우리가 가진 두 손이 부딪치면

　불꽃이 일 것 같다. 커다랗게 뜬 두 눈을 마주친 다음에는 누가 먼저랄 것도 없이 고함을 질렀다. 큰일이 났어요. 다급한 목소리가 복도 끝까지 선명하게 울렸는데, 조원들은 작업장에서 킥킥 웃어대기만 했다.

　웃음은 크게 번졌다가 잦아들었다. 우리는 작업대로 돌아와 장갑을 꼈다. 돌아가는 기계음에 맞춰 다시 유연해지는 손. 내 것이 아닌 것 같은 이 손을 어떻게 하면 좋은가. 작업대에서는

생각에 오래 잠기면 안 된다. 작업 중에는 되도록 일어나지 말아요. 주의를 주고 가는 반장이 있었다. 그는 비닐도 뜯지 않은 새 장갑을 배급하면서 매주 지급된다고 말했다. 지금은 손이 아주 부족한 때라고 말했다. 그리고 불쑥

고개를 들어 주변을 살펴보았다.

불 꺼진 작업장에서 우리 둘만 남아 잔업을 하고 있었다.

말벗

꾀꼬리가 나타난다. 꿈에 나타난다. 여름밤에 나타나고 꾀꼬리는 '호이오' 하고 운다. 가끔은 '히요' 하고 지붕 위에서 운다. 꾀꼬리가 나타나서 여름을 몰고 다녔고 꿈밖으로 날아갔고 꾀꼬리 때문에 말벗도 생겼다. 잔치가 열린다. 잔칫집에는 꾀꼬리가 안 보인다. 떡도 없고 노래도 없는 잔칫집에 남아서 퉁퉁 불은 국수를 먹는다. 국물만 찰방이는 그릇에 고개를 묻고 꾀꼬리 생각을 한다. 말벗이 내 옆으로 와서 중얼거린다. 나귀가 있었지. '히요' 하고 울던 그것이 여름을 죄다 싣고 갔었지. '호이오' 하면서 울기도 하냐니까 고개를 끄덕인다. 꿈같은 건 없는 것 같다 말하고선 갑자기 울기 시작한다. 그러나 우리에게는 지켜보는 눈이 있다. 비스듬히 열린 문이 있다.

화분

기다린다. 가을부터 봄까지. 겨울에도 기다린다. 기다려도 오지 않는 여기가 정거장은 아니니까. 나는 정거장으로 갈래. 가을부터 봄을 지나 다른 날을 기다려도 오지 않는.

원래부터 여기에는 없어요. 안 와요 여기로는. 여기에는 다른 게 선다. 국민대 앞까지 걸어간다. 거기가 제일 가까우니까 가을부터 봄까지 국민대 언덕을 내려간다. 내려가서 기다린다. 제일 먼저 오는 버스를 탄다.

세검정으로 간다. 세검정에는 눈이 왔다. 눈길을 지나다가 서대문우체국에 들렀다가 신촌로터리를 돌아 샛강으로 간다. 거기서 화분을 샀다. 화분을 들고 달린다. 대방을 지나 광흥창 지나

동교동에서 연희교차로로. 홍지문을 달린다. 국민대 앞까지 간다. 제일 가까운 데까지 달린다. 가을이나 봄에는 정거장에서 집까지 걸어서 간다. 베란다에는 화분이 있다. 겨울날에 내가 사둔

화분이 있다. 창을 열면 이파리가 사납게 흔들리는 화분이 있다. 어떤 사람은 바람이 너무 세게 분다고 말한다. 어서 창을 닫으라고 말한다. 그런 사람을 보통 여름이나 겨울에 보게 된다. 내 뒤에서 말을 하고 베란다에는 가끔 사람이 보인다.

해설

금붕어 이야기

이수명 / 시인

　무엇이 시를 유니크한 것으로 보이게 할까. 언어나 문체, 호흡 등등을 우선 떠올릴 수 있겠지만 시 속에 나타나는 사물의 성격이야말로 다른 무엇보다 가시적이고 결정적인 요인이 된다. 어떤 사물이 어떻게 등장하는가, 시 속에 어떻게 자리하는가 하는 것 말이다. 사물의 출현이야말로 그것을 불러낸 시인만의 시선이 바로 드러나는 순간인 것이다. 시인이 세계를 바라보는 복합적 역학이 이 사물에 모두 들어 있다.

　김동균 시인은 두드러지게, 자신이 원하는 사물을 바로 호명하면서 시를 시작한다. 어떤 것이 있(었)거나, 그것을 눈앞에서 보았거나, 무엇이라고 부르거나, 그것이 무엇을 하고 있(었)거나 등으로 시작하는 것이다. 시의 거의 첫 부분에서 이루어지는 사물의 빠른 출현은 특별히 눈길을 끈다. 이 과단성과 집중력은 이후 이어지는 연에서 그 사물이 주된 동기로 자리 잡는 계기가 된다. 그는 처음부터 끝까지 자신이 호명한 사물을 품고 반복하며 구불구불한 길을 간다. 사물과의 내밀한 연석이다. 사물들은 객관적 외양을 지니고 있음에도 불구하고 주체와의 이 긴요한 동행을 통해 실제와는 다른 은밀한 포지션으로 자리 잡는다.

이러한 내용을 살펴보는 데 사물보다 동물이 더 적절할 수도 있다. 그의 시에는 다양한 사물 외에도 조류, 어류, 또는 큰 동물들이 많이 등장한다. 앵무새, 꾀꼬리, 까치, 금붕어, 오리, 쥐, 돼지, 개, 토끼, 낙타 들이다. 얼음을 깎아 만든 토끼, 풀장에 빠진 개, 차에서 내린 돼지, 반지를 물고 달려오는 큰 쥐들이 눈에 띈다. 이러한 동물들은 모두 주체와의 기묘한 접선을 통해 새로운 특정 상황을 가공하기에 이른다.

이 시집에는 「금붕어」라는 제목의 시가 세 편이나 된다. 금붕어가 각각 어떤 존재로 그려지는가를 살펴보는 것은 시집과 진지하게 대면하기 위한 준비 작업이 될지 모른다. 이 세 금붕어는 김동균의 시와 문학으로 들어가는 별도의, 그리고 각별하게 마련된 입구가 될 수 있다. 그의 시가 몰입하고 있는 어떤 성향을 함축적으로 보여주고 있기 때문이다.

1. 혼자서 말하는 금붕어―존재성

나에게

금붕어가 있었다.

남산 아랫집에서

맥주 두 잔 마셨는데

나중에 나온 잔 속에

나의 금붕어가 있었다.

조금 뒤에는

이미 취한 다른 금붕어가 들어와선

제일 친한 금붕어 찾느라

두리번거렸다.

한 잔을 시키고 한 잔을 더 시키고

세 잔까지 마셨지만

거기에도 친한 금붕어

나오지 않았다.

제일 친한 금붕어가

분명 여기 있다고 그랬단 말이야.

고함을 지르고 울다가

남산 아래 맥줏집에서

쫓겨났다.

우리는 길모퉁이에

덩그러니 남겨졌다.

술 취한 금붕어가

내게 먼저 말했다.

나에게 금붕어가 있었다.

내게도 금붕어가 있었어.

남산 아래 지나갈 때마다

극장 앞까지 함께 내려온

볼 빨간 금붕어가 있었지.

이후에도 내게는

금붕어가 있었다.

금붕어가 있었다.

나랑은 무관하게

혼자서 말하는

금붕어가 있었다.

—「금붕어」 전문

    그의 전형적인 시에서처럼, 곧바로 금붕어가 출현한다. 원래 "나에게/ 금붕어가 있었"고, 지금 마시는 맥주 "잔 속에/ 나의 금붕어가 있"다. 그리고 "취한 다른 금붕어가 들어와선/ 제일 친한 금붕어(를) 찾"고 있지만 없다. 친구를 취한 금붕어로 표현하고 있고, 친구의 잔 속에는 금붕어가 없다는 것이다. 이후 맥줏집에서 쫓겨났을 때 그 "술 취한 금붕어" 친구도 "나에게 금붕어가 있었다"라고 말한다. 나도 금붕어이고, 친구도 금붕어이며, 나와 친구가 찾는 그 무엇도 모두 금붕어이다. 나도 친구도 똑같이 말하는 "나에게 금붕어가 있었다"라는 진술은 반복적인 주문으로 시를 횡단한다. "있었다"는 과거형 진술은 지금은 없다는 것, 찾고 있다는 것을 동시에 함의한다. 금붕어가 무엇이길래 이렇게 주체와 대상을 넘나드는 것일까. 우리는 모두 금붕어인데 왜 금붕어를 찾고 있을까.

나와 친구가 금붕어인 것을 A로 표기하면, A가 찾고 있는 금붕어를 a라 할 수 있다. 어떤 연유에선지 A는 a를 잃어버리고 찾고 있다. 이것은 이른바 라캉의 상징계로 넘어오면서 A가 잃어버린 상상계의 자신 a일 수 있다. 우리는 주체가 되기 위해 우리를 놓아버려야 했으며, 그러므로 그것은 잃어버린 것이다. 그래서 늘 무엇인가를 찾고 있으며, 우리가 찾는 존재는 자신과 비슷한, 자신이 잃어버린 일부일 수 있는 어떤 것이다. 한마디로 그것은 원래 있었는데 지금 없어진 것이다. 물론 이 a라는 존재는 주지하다시피 완전히 없어진 것이 아니다. 없어졌지만 출몰하기도 한다. 친구는 그것을 찾을 수 없다고 고함을 지르고 울지만 나는 나의 잔 속에서 금붕어를 발견한다.

　하지만 놀랍게도 이 발견은 이중적이다. 잔 속의 금붕어는 나의 금붕어일까. 내가 잃어버렸다가 잔 속에서 발견하는 금붕어는, 이 차후의 a는, A와 관련이 없다. 금붕어의 발견은, 이 금붕어가 나와 무관하다는 사실의 발견과 결합되어 있다. 시인은 이를 착목하고 있다. 마치 돌이킬 수 없는 직면이기라도 하듯, 탄식을 삼키듯, "나랑은 무관하게/ 혼자서 말하는/ 금붕어가 있었다"라고 한다. 내가 그렇게 찾는 금붕어는, 그래서 찾아낸 것은 나와 무관한 금붕어인 것이다.

　이 슬프고도 해괴한 직시를 문학이라 할 수 있을 것인가. 그럴 것이다. 정확히 문학의 속성이라 할 수 있다. 문학은 나의 안에 있었던 것, 있는 것, 내가 잃어버리고 찾아다니는 것, 문득 마시는 잔 속에 들어 있는 것이지만 동시에 나와 관계없이, 혼자서 말하는 어떤 존재이다. 나는 불가피하게 늘 이 존재성에 끌린다. 존재에 집중하고 이를 찾아 헤맨다. 하지만 내가 찾아도 문학은 내게서 분리된 것이다. 시인의 자조

적 토로는 여기에서 비롯된다.

2. 금붕어와 함께 나아갈 수 있었다—형식성

그라프 씨는 금붕어가 나오는 이야기를 하나 가지고 있다. 이야기 속으로 비가 내렸다. 그게 다 수첩에 적혀 있다. 그래서 수첩은 늘 젖어 있고 비가 올 때만 꺼내 쓰고. 그라프 씨는 그런 수첩을 아끼는 눈치다. 확실한 건 그라프 씨는 금붕어도 몹시 아낀다는 것. 이야기를 아끼고 금붕어가 나오는 이야기는 도무지 끝날 기미가 없다. 그래서 수첩을 마련한 모양이다. 진종일 비가 내려서 금붕어를 오래 살필 수 있었다. 이런 기회에 금붕어 생각도 알게 되고 금붕어가 싫어하는 것도 알게 되고 긴 이야기의 끝까지 금붕어와 함께 나아갈 수 있었다. 그런데도 그라프 씨에게는 더 아껴주고 싶은 마음이 남아 있나 보다. 문을 열고 밖으로 나간다. 금붕어를 더 오래 기르고 싶다고. 똑같은 수첩을 하나 더 사

올 거라고. 그라프 씨는 늘 이렇게 비를 맞고 창문으로도 비가

들이치고 비는 그치질 않는다. 벌써 수첩을 들고 있는 모양이다.

　　　—「금붕어」 전문

　　두 번째 금붕어 시다. 금붕어를 기르는 이야기다. 그라프

씨는 "금붕어를 몹시 아끼"며, 금붕어가 나오는 "이야기를 아

끼고 금붕어가 나오는 이야기는 도무지 끝날 기미가 없다".

그라프 씨가 아끼고 기르고 싶어 하는 금붕어는 그에게 유

일한 존재다. 이 시에서도 김동균 시인 특유의 문학의 서사

가 감지된다. 금붕어로 비유되는 문학은 그라프 씨의 안에서

유일하게 자라온 것이다. 그는 "금붕어와 함께 나아갈 수 있"

다. 이 말은 '금붕어와 함께라야' 나아갈 수 있음을 암시한다.

그것이 무엇이든 세계 내 존재에 자신을 걸어야만 움직여 나

아갈 수 있는 것이 문학이다. 문학은 다른 존재를 보는 것이

다. 그것을 내게 호출하는 것이다.

이 두 번째 금붕어('기르는', '아끼는', '함께')는 첫 번째 금붕어('있었던', '찾아다니는', '발견한')와 유사 계열로 생각된다. 사물, 존재와의 결합을 전제하거나 시도, 이의 실패(의 가능성)라는 측면에서 그러하다. 사물과의 연석, 함유, 동행은 시의 전제이고 조건이기도 한 것이다. 여기에 두 번째 시에서는 수첩이 추가된다. 그라프 씨는 수첩에 금붕어에 대한 이야기를 기록한다. 그라프 씨가 금붕어를 기르는 방법은 기이하게도 수첩의 동원인 것이다. 하지만 "더 아껴주고 싶은 마음"에 견주어 볼 때, 쓰고 기록하는 행위야말로 얼마나 미흡하고 동떨어진 방식인가. 얼핏 납득하기 어려운 형식이다. 수첩에 금붕어를 담아놓고 키우겠다는 것은 어떻게 생각해도 불가능한 욕망이다. 동시에 소유할 수 없는 것을 소유하려는 순수한 욕망이다. 하지만 이렇게 금붕어는 그라프 씨의 마음에서 수첩 속으로 이동한다.

이 이동은 낯설지 않다. 금붕어에 대한 훼손되지 않은 욕망이 반복, 이동되는 그라프 씨의 이야기는 보는 것, 품는 것, 기르는 것, 찾는 것, 호명하는 것이라는 문학의 토양에서 시작해 기록하고 활자화하는 문학으로 대체되(어야 하)는 욕

망의 연쇄를 엿보게 한다. 이 두 개의 길은 사실은 통하지 않고 상반된 것으로 여겨지기까지 한다. 소위 감수성, 감각은 기록이라는 건조한 작업과 명백하게 충돌하는 까닭이다. 문학의 이원화, 이중성이고 특별히 시의 이중성이다. 시의 형식이고 운명이기도 하다. 그럼에도 이 모순을 제대로 통과해야 한다. 시는 금붕어를 아끼는 특별히 예외적인 방식이기 때문이다. 그것은 불가능해 보이지만, 역설적으로 이러한 형식으로밖에 실현될 수 없는 문학이라는 환상과 닿아 있다. 금붕어는 수첩 속에서만 영원히 살 수 있는 것이다.

3. 네온사인에는 금붕어라고 쓰여 있다―외재성

구운 아몬드. 마카다미아. 호두. 말린 블루베리. 캐슈너트. 이 것으로 케이크를 만들 수도 있지만 하루에 한 봉, 견과를 먹는다. 오독오독 깨물면서 지금부터 진짜 케이크를 만들 수도 있지만, 구운 아몬드. 마카다미아. 호두. 말린 블루베리. 캐슈너트. 이 것 말고도 피스타치오. 약콩. 귀리. 브라질너트. 피칸. 코코넛칩.

구운 호박씨…… 가 들어 있는 다른 견과도 있다. 나는 하루에 한 봉, 견과를 산다. 너무 많은 지역. 지역마다 전혀 다른 걸 만드는 공장. 자꾸만 불어나는 봉지들. 그중에 하나를 집어서 커피랑 곁들인다. 커피는 훌륭하지. 커피는 케냐. 커피는 콜롬비아. 커피는 코스타리카. 그 가운데 하나를 고르라면, 아마도 에티오피아…… 이것 말고도 이것들을 적절하게 배합한 하우스 블렌드가 제일 흔하다. 산지는 너무 멀어서, 가보지 못했다. 너무 오래 모아서 서랍에도 다 안 들어가는 이 견과류 봉지들…… 하소연을 하는 바람에, 아무래도 케이크 만들기엔 시간이 모자랄 것 같다. 제일 맛있는 케이크를 사려면 아주 많은 집을 찾아가 하나하나 다 먹어봐야 하고 케이크 위에는 구운 아몬드. 마카다미아. 호두. 말린 블루베리. 캐슈너트…… 같은 것들이 있다. 밖으로 나가면 빵집과 빵집 또 빵집으로 이어지는 블록이 있고 건너편에서 발견한 네온사인에는 금붕어라고 쓰여 있다. 금붕어는 근방에서 제일 밝고 귀여운 빛을 낸다. 금붕어는 케이크 전문점이다.

　　―「금붕어」 전문

세 번째 금붕어 시는 금붕어가 바로 출현하지 않는다는 점에서 앞의 두 편과 다르다. 이번에는 금붕어가 아니라 "구운 아몬드. 마카다미아. 호두. 말린 블루베리. 캐슈너트" 같은 다양한 견과류가 먼저 등장한다. 이 견과류들이 얹힌 케이크 이야기다. 이국적 이름을 가진 여러 견과류의 나열은 불필요할 정도로 길고 빠짐없이 여러 번 반복된다. 이름 자체가 전부이고, 호명이 모든 것이라는 듯하다. 그리고 이들 이름으로 이루어진 사물들의 합이 케이크이다.

　금붕어는 시의 마지막에 나타난다. 하지만 이 출현은 앞의 두 편의 시와 완전히 다르다. 물고기의 외양과 실제를 전혀 입지 않고, 단지 "네온사인에(는) 금붕어라고 쓰여 있"을 뿐이다. 지느러미로 헤엄치는 존재가 아니라 네온사인으로 떠 있는 금붕어 글자에 불과한 것이다. 이는 존재를 글자로 표기한 것에 지나지 않는다.

　표기이면서 기표이다. 세 번째 금붕어 시는 금붕어라는 존재가 생략된 기호의 세계이다. 이것은 두 번째 금붕어의 수첩으로의 이동이 완성된 형태라 할 수 있다. 수첩 속으로 들어간 금붕어가 기록으로 기호화되는 형식을 제시했다면, 세 번째 시에서는 그 기호가 독자적으로 세계 내에서 작동하는 중이다. 금붕어라는 글자는 "근방에서 제일 밝고 귀여운 빛을 낸다". 그 글자는 케이크와 전혀 무관하지만, 케이크 전문점이라는 신호를 보내고 있다.

존재를 기표로 대체하는 것이 문학이다. 기표의 측면에서만 보면 문학은 사실상 시작부터 존재와 무관한, 외재적 장르다. 그것은 사물이나 존재의 재질, 물성과 함께할 수 없고 이것을 임의의 기표로 표시한다. 존재의 밖에 있는 것이다. 존재의 밖에서 반짝거리는 기표 네온사인이다. 기표들이 움직이고 자리를 바꾸는 놀이 같은 것이라 할 수 있다. 이 문학의 네온사인은 밖에서 존재를 향하는 듯 여겨지기도 하지만 자신의 반짝임으로 존재를 처리하기도 한다. 우리는 기표를 보고 존재를 더 이상 보지 못하는 것이다. 기표로 인해 존재는 사라진다.

김동균의 세 금붕어 시들은 사실 어떤 진행도, 단계도, 변증법도 아니다. 하지만 이 시들이 보여주는 것 같은, 일종의 삼각 편대 안에서 그의 문학은 움직이고 있다. 사물에 대한 깊은 응시와 동행(존재성), 이를 언어로 이동시키는 일(형식성), 언어의 독자적 비행(외재성)이라는 편대 말이다. 우선 사물의 존재성에 대한 이해와 동행은 압축된 페이소스를 보여준다는 점에서 눈길을 끈다. 첫 금붕어 시에서처럼 존재는 동행이 아니라 분리로 드러나며, 따라서 동행이 실현될 수 있는 직접적인 길은 없고 대개 언어라는 형식과 표기로 우회해야 하는 난감함에 부딪히기 때문이다. 언어화되면서 사물은 어디로 사라지는 것일까. 김동균 시인의 몇몇 시에 드러나는 깊고 긴 응시는 이에 대한 물음에 다름 아니다. 그리하여 「우유를 따르는 사람」에서 "우유를 따르는 당신"은 멈추지 않는다. TV에서도 책에서도 당신은 우유를 따르고, 우유는 차고 넘쳐 "우유가 흐르는 골목"이 된다. 언어의 형식과 외재성에 승복하지 않으려는 그의 시

선은 우유(를 따르는 사람)의 존재를 끝까지 따라간다.

하지만 이렇게 「우유를 따르는 사람」으로 대표되는 존재성에만 기울지 않고 언어의 표기, 외재성으로 기표 놀이화한 시들도 다양하게 찾아볼 수 있다. 오보에 다모레라는 악기에 대해서 진술하는 「이조악기」는 그라프 씨의 수첩에의 기록이라는 언어 형식성에 가까운 시다. "오보에 다모레는 오보에와 잉글리시 호른 사이에 있는 악기다"로 시작하여 악기의 이름, 뜻, 특징을 기술함으로써 악기와의 연결을 시도한다. 마치 수첩 속에서 금붕어를 기르듯이, 악기를 언어로 붙잡고 담아내는 것이다. 또 여기서 더 나아가 언어의 외재성이 농후한 시편들도 있다. "빼곡하게 쌓인 상자"를, "우리가 쏟아낸 열매"를, "상자와 열매까지 합쳐서", 그리고 "우리가 짧게 내뱉는 환성"까지 모두 '스완지'라고 부른다는 「스완지 스티커」가 이에 속한다. '스완지'는 실물이 없거나 생략된, 혹은 어떠한 사물이나 상황이든 임의로 '스완지'일 수 있는 말놀이의 일환이다. 앞의 금붕어 네온사인

글자에서와 같이 전적으로 언어의 외재성을 보여주는 예라 할 수 있다.

　이처럼 김동균의 시는 존재성과 형식성과 외재성의 동력에 힘입어 폭넓게 전개되고 있다. 이 가운데 어느 성향이 두드러지든 그의 탐구와 고민을 반영한다고 할 수 있다. 시집 전체에서 이 세 가지 축이 살아서 움직이는 중이다. 이들이 활발하게 작동하는 중이어서 그의 시가 앞으로 어떻게 움직여나갈지 예단하기는 쉽지 않다. 하지만 어느 쪽으로 더 심화되고 날카로워져도, 어느 한쪽으로 시 세계가 확립되어도, 그의 문학의 출발점이 되는 첫 시집에서 이 편대를 확인하는 것은 의미가 있다고 할 것이다. 이것은 아주 넓은 벌판이어야만 가능한 대진이며, 이 편대를 꾸려나가는 것은 지속적으로 광폭의 모험과 행보가 전제되기 때문이다. 시에 대한 험난한 애정이 여기 가로놓여 있다. 문학의 운명, 소박하게는 문학의 얼굴을 매 편의 시에서 확인하는 김동균 시의 염결성은 여기서 비롯된다.

아침달 시집 42

재재소소

1판 1쇄 펴냄 2024년 9월 4일
1판 2쇄 펴냄 2024년 10월 10일

지은이 김동균
큐레이터 정한아, 박소란
편집 서윤후, 정채영, 이기리
디자인 한유미, 정유경

펴낸곳 아침달
펴낸이 손문경
출판등록 제2013-000289호
주소 04029 서울시 마포구 양화로7길 83, 5층
전화 02-3446-5238
팩스 02-3446-5208
전자우편 achimdalbooks@gmail.com

© 김동균, 2024
ISBN 979-11-94324-07-2

값 12,000원

이 책은 서울특별시, 서울문화재단 '2024년 첫 책 발간지원 사업'의 지원을 받아 발간되었습니다.